ハヤカワ演劇文庫

前田司郎
I
偉大なる生活の冒険ほか

SHIRO MAEDA

早川書房

7590

目次

偉大なる生活の冒険　7

おやすまなさい　103

キャベツの類　175

すてるたび　273

著者あとがき／前田司郎　363

前田司郎 I 偉大なる生活の冒険ほか

偉大なる生活の冒険

登場人物

男
女
妹
田辺
彼女

偉大なる生活の冒険

　　　　1Kのアパート。布団が敷いてある。二枚ギリギリ敷いてある。服が散らばっている。下着などが干してある。蛍光灯が吊り下がっている。タンス。小さいテーブル、上には空のペットボトル、お菓子の袋。漫画雑誌。少女漫画の単行本。ラジカセ。座椅子。そんな物が散らばっている、いや、散らばるというほどスペースは無い、ぎっしりしている。向かって右手にはキッチンに繋がる口。キッチンは客席からは見えない。

男　　—女、漫画を読んでいる
　　　—女、立って歯を磨いている

女　　お茶とって
　　　—男、歯ブラシを咥え、お茶のペットボトルを持って戻ってくる
　　　飲んだら戻しといてよ

男 うん？
　　——女、歯ブラシをはずし
女 飲んだら、戻しといてよ
男 うん
　　——女、奥に行く
男 なんでお茶を飲むの？
女声 磨くでしょだって
男 唐突じゃない
女声 なんか、この奥歯のところがザラザラするから
男 急に？
　　——女、戻ってくる
女 さっきから
男 え？
女 もう良いよ
男 、こないださ、バルサン焚いたでしょ
　　——男、再び漫画に戻る
　　——女、キッチンの方へ

女　うん

　　―女、キッチンの方で口をゆすいでいる様子

男　―男、体半分キッチンの方へ

女　そしたらさ、やっぱ、田辺くんところ凄いゴキブリが増えたらしいよ

男　え

女　だから、こっちに居たやつ等が向こうに逃げてったみたい

　　―女、出てくる、男そのまま

男　良かったんじゃない

女　うん、でも、隣でゴキブリがなんか集まってさ、増えたりしたらどうする

男　、、知らないよ

女　なんか田辺くん家のザリガニ体調悪いらしいんだよ

男　え

女　田辺くんが飼ってるザリガニが、体調崩しちゃったみたいでねえほんと田辺くん家入れないでザリガニ臭いんだから

男　うん、田辺くんのザリガニ、バルサンで中毒になっちゃったんじゃないかな

女　、、

　　―女、本を読んでいる

男　俺田辺くんにバルサンのこと言えなかったよ、、なあ、これ、お前嚙んだの

女　この端の所カジカジってしてただろう
男　——男、漫画についた歯形を見せる
女　妹
男　、妹いたんだっけ?
女　うん、
男　これお前がガリガリしたんじゃねえの
女　ねえ
男　、、、、あんたいつまで家いんの?
女　え
男　出てってよ
女　、うん? 何が?
男　いつまで居座る気
女　うん
男　うんじゃなくて、帰って
女　どこに帰れって言うんだよ?
男　実家

男 嫌だよ
女 なんで都内でしょ
男 だって、死にそうなんだもん、うち、親
女 なおさら帰んなよ
男 むりむり、怖い、死にそうで
女 側にいてあげれば良いでしょ
男 だから命日のとき帰ったじゃん
女 え？　誰の
男 妹の
女 どの？
男 え？　どのって涼子しかいないだろ
女 、ああ、、、こないだのそうだったんだ
男 言わなかったっけ
女 そうだっけ
男 言ったよたしか、、
女 そうかもね
男 あ言った俺覚えてるもん
女 わかったから、帰って

男　だから、そん時帰ったじゃん
女　え？
男　実家に
女　いやそういうんじゃなくて、帰り続けて、向こうに住んで
男　うーん
女　嫌なら、自分で部屋借りなさいよ
男　うん、でもお金がさ
女　働けば
男　どこで？
女　アシスタントがどうのって言ってたじゃん
男　うんでも、ほら怒られるの苦手だから
女　編集社とか回って仕事探せば
男　うーん今みんなデジタルだからなあ
女　……
男　うちのスーパー、パート募集してたよ
女　嫌だよスーパーなんて
男　選べないでしょ？
女　うんでも、風邪ひいちゃうよ
男は？

男　風邪ひいちゃう
女　何が？
男　だってなんか野菜のところとかから冷気みたいのでてるじゃん
女　上着着なさいよ
男　だってみんな半そでとかなのに俺だけジャンバーみたいの着れないよ
女　は？　何でジャンバー着れないの
男　恥ずかしいだろ
女　馬鹿じゃないの
男　馬鹿じゃねえよ

　　―女、男を蹴る

女　痛ったい
男　なんだよ

　　―間―

女　どれくらいたった？　妹さん亡くなって
男　ええ、3年、あ、4年か、オリンピックのあれだから、うるう年のあれだから
女　4年か
男　、結構たつな

女　4年て長いよね、1年生が4年生になるもんね
男　、5年生じゃない？
女　凄いね4年て
男　、、、、、
女　長いね
男　そう？
女　、、、
男　あんまり会ってなかったから
女　そうなの？
男　だってそんな会わないだろ別に、会う妹と？
女　会わないけどメールはするよ
　　　　—間—
男　あでも一回泊まりに来たな
女　へえ、前の、六郷土手の家？
男　えっと、うん
女　ああ、なんで
男　、、、なんでだっけ？　なんか、夢に俺が出てきたとかって
女　凄いじゃん

男 何が

女 夢に出ただけでも

男 でも俺の名前が思い出せなかったんだって

女 私の夢、あんたなんて出てきたことないよ

男 一度も

女 、、、

　　―間―

男 何度かあるだろうけど、あんま重要な役じゃないよ

女 あんまりなんつうか実感がないっていうか、悲しくなかったな、びっくりしたけど、ちゃんとしてたしあいつ

　　―男、ファミコンのスイッチを入れる

女 、またファミコン？

男 うん

女 いい加減にしてよね

男 良い、加減にしてるよ

　　―男、言って自分でニヤニヤしている、ゲーム機のコントローラーを握る

女 蹴る

男 痛って

　　―男、手でよけようとするが、女執拗に蹴る

男　　　──ゲーム始まる

男　痛いよちょっと、お前ツノばってるから痛い
女　ツノばってるってなに
男　足が骨骨してる
女　カクばってるでしょそれ
男　おうそれ
女　カクばってねえよ

　　　──女、蹴る

男　痛って、ちょっとまじで思ってるより痛いんだから
女　あんたいくつんなったのよ？
男　え、30
女　大人のくせに、ゲームばっかやって
男　だって、ゲームだって大人が作ったんだから、大人同士遊んでるのと一緒だろ
女　は？　意味わかんない

　　　──男、ファミコンを始める

女　なんかさ
男　うん

女 売り場に鯉ヘルペスって言うのがいるんだけど
男 うん、意味わかんない
女 、、いや意味は私もわからないんだけど、いるのそういう人が
男 そういうあだ名ってこと
女 そうそう
男 酷いな
女 うんでも本当にそうなんだって、なるほど、鯉ヘルペスだって感じなの
男 え、見たい
女 見ると良いよ
男 明日バイト？
女 うん
男 、
女 、話しかけないでよ私に
男 、、じゃあどうやって見つけんだよ、ヘルペス
女 ああ、すぐわかるよ、生鮮売り場のとこにいるから
男 え、ええでも間違ったら失礼だよ
女 だって武良木（むらき）さんにあんたとしゃべってるとこ見られたらやだもん
男 なんで？　いいだろ別に

女　駄目だよ
男　嫉妬すんの？
女　うん
男　うん、駄目だよ武良木さん鋭いから
女　だって普通にお客さんとしてしか見えないんじゃない
男　どんだけ鋭いんだよ
女　驚くほど鋭い
男　ま、俺は滅多なことじゃ驚かないけど
女　、、、
男　え、なんで嫉妬すんの？　自分、奥さんいんのに
女　知らないよ私のこと好きだからじゃない
男　ちっちぇえな
女　あんたに言われたくない
男　ごもっともだけどさあ、いい歳なんでしょその人
女　うるさいな
男　、、、その人のどこが好きなの
女　ガッツ
男　、、、ガッツ

偉大なる生活の冒険

女 ガッツがあるところ？
男 、、、いい歳なんでしょ
女 わかんない、頼りがいがあるの、、、もう良くわかんない
　　　　―間―
男 それで鯉ヘルペスがね
女 それ人の名前としては長いね
男 店では鯉って呼ばれてるけど
女 、
男 それでさ、シャコっているじゃん
女 シャコも居るの
男 いやシャコは食べ物
女 ああ、イカみたいなやつか、海老みたいなやつか
男 そうそうなんか海ゴキブリみたいな
女 なに
男 居るじゃん海に、海のゴキブリ
女 、、、、知らないけど船虫？
男 いやゴキブリだから
女 うん

女 そんでさ客はなんかシャコは蟹かそうじゃないか聞いてきて
男 蟹じゃないだろ
女 いやなんかアレルギーのあれなんだって、蟹の、その客が
男 ああうん
女 だからなんかシャコが蟹かそうでないかを凄い聞いてきて
男 そんなのそっちの客の方がくわしいんじゃないの
女 わかんないよく、娘がどうのって言ってたから子供がそうなんじゃない
男 へえそれで
女 それでなんだっけ
男 いや俺知らないけど
女 そんでさ、鯉が対応してたんだけど
男 ヘルペスね
女 そうそう、で、なんか、しらねえよふざけんな、みたいになって
男 ええヘルペスが
女 おかしいでしょ
男 うん
女 おかしいのよあいつ、なんかちょっとどっか弱いみたいで
男 どこ、どこが弱いの

女　わかんないわき腹
男　え
女　わかんない、なんか、そんで、もう凄いつかみかからん勢いでさ
　　—女、つかみかかるジェスチャー
男　もうそんで、凄いの
　　—女、つかみかかり、相手の口にシャコを押し込むジェスチャー
女　それ何？　何入れてんの？
男　シャコ
女　え？
男　まあ、それはまあイメージだけど、それくらい凄くて、私とムラキさんで、なんとか治めたのよ
女　大変だったな
男　、そう、だから、蟹が食べたい
女　え
男　凄い蟹が食べたくなった
女　そうなるのか
男　ずっと食べたい、なんか毛蟹とか
女　蟹カマじゃ駄目なの

女　生きた蟹が良い
男　ザリガニなら、田辺くん家で飼ってるけど
女　、、田辺くん部屋に入れないでよね、あの人ザリガニ臭いんだから
男　うん注意しとくよ
女　、
男　なんか、目隠しして蟹カマ食うと蟹と判んないらしいよ
女　なんで目隠しして食べないといけないのよ
男　、、だから蟹とわかんなくするために
女　蟹とわかんなくなって何になるの
男　いや、ちがうよちがう蟹カマが蟹になるんだよ、目隠しすると
女　蟹にはならないでしょ
男　うん、だから、蟹とわからなくなるの
女　、、、
男　蟹なんだか蟹カマなんだかわからなくなるんだって、だからそんだけ人間て言うのは、目に頼ってるってことなんだよな
女　あと、ザリガニって目に良いんだって、食べると
男　、、、。蟹缶でもいいな、せめて

男 、、、高いよ缶詰、でも
女 良い奴は美味しいからね
男 剥かなくていいしね
女 昔、家族で良く食べたな
男 うちの家族は生きた蟹を食べてたな
女 生きた？
男 あ茹でてるよ
女 ああ

　　　—間—

女 なんかさ、武良木さんの奥さん、病気なんだって
男 、
女 なんかしんないけど、重いっぽい
男 死ぬの？
女 しらない、気持ちの病気だって
男 お前とのあれで
女 わかんないけど
男 面倒くさいなら、別れちゃえば
女 、、、

男 ねえ、お腹減んない？

女 ：

　　——女、天井を見ている

女 ：

　　——男、女のオデコにボトルをもう一度乗せる

男 ：

　　——女、女の顔を覗く

女 ：

　　——女、微妙に動きボトルを落とす

男 ：

　　——男、お茶のボトルを女のオデコに乗せる

男 ：

　　——男、ニヤニヤして見る、が、女は釣られないので、あきらめる、横になる

女 ：

　　——将来に対する不安とかないの？

男 ：

　　——え、例えば？

女 何？

　　——例えば？たとえば違うもんになっちゃうじゃん

男 ：

　　——女、男の方を向く、お茶のボトル女のオデコから落ちる

女 ：

　　——女、立ち上がる

男　どうしたん？
女　シャワー浴びる
男　え、なんで
女　、、、出かけるから
男　どこに
女　、、、
　　　——女、奥へ
男　ああ、したらさ、なんだっけあれ、あのー、なんだっけ
女声　やっぱいいや
　　　——男、奥の方に頭を突っ込み
男　、、、
　　　——男、戻る
　　　——間——
男　——男、コントローラーを握る、操作する
　　うわーなんかあぶねえな、、、罠だなこれ、、、あこれぜってえ罠だ、、、どーん
　　　——男、ファミコンを消す
妹声　兄ちゃん
男　なんだよ

妹声　コップどこ？
男　　流しにあんだろ
妹声　ないよ
男　　え、ちゃんと見た？
妹声　見てるよ
　　　──男、立ち上がり奥へ
男声　ここにあんじゃん
妹声　これコップかよ
男声　コップじゃないけどコップとして使ってるからコップだろ
妹声　飲む？
男声　飲む、え何を
　　　──妹・男、コップのようなものを二つと酒のようなものを持っている
男　　お、どうしたの？
妹　　来るときコンビニで買ってきた
男　　お前飲めんだっけ？
妹　　ちょっとなら
男　　すぐ頭痛くならない

妹　なるなる
男　血だな
妹　でも、父さんとか全然お酒強いのにね
男　昔は弱かったらしいよ
妹　そうなの
男　うん、なんかそう聞いたけど
妹　へえ
男　飲んでるうちに、強くなったんじゃない、あ、そんくらいでいいわ
　　—妹、コップに酒を注ぐ、酒の瓶をみる
妹　何それ？
男　わかんない、一番安いやつ
　　—男、コップから飲む
妹　わ、アルコールの味がするな
男　うん
男　アルコールだもん
　　—間—
妹　なんか気持ち悪いな
男　何が

男 お前が
妹 なんでよ
男 いや急にくるから
妹 ああ、なんかさ夢に兄ちゃん出てきてさ、名前わかんなかったんだよね
男 え
妹 夢の中で名前思い出せなかったの
男 なんで
妹 知らないよなんか、誰だっけ、って
男 ええ
妹 起きたら思い出せたけど
男 酷えな
妹 うんだからちょっと心配になってさ、引っ越しついでに
男 なんで引っ越すの
妹 お風呂がなかったから
男 え、今度ん所いくら?
妹 7万5千
男 たか
妹 風呂付だから

男　どんな風呂ついてんだよ、木か、木の風呂か
妹　普通のだよ
男　すげえなお前
妹　すげえなじゃないよ大丈夫なの
男　何が
妹　将来のこととか考えてる
男　考え、、例えば
妹　え
男　例えば
妹　、人に例えさせて、同意するか反対するかしようとしてんでしょ
男　うん
妹　、、、怖くないの
男　何が
妹　そんな、今みたいで
男　何がだよ
妹　だって、ずっとそんな、バイトしたりしなかったりで暮らしていけるわけないじゃん、ちゃんと就職するとかなんとかしないと
男　俺でもさ、なんとかやってけんじゃないか？

妹　え?

男　…、なあ、家って遺産とかあると思う?

妹　知らないけど相続税とかあるんだよ、お金取られるんだよ

男　ああなんか聞いたことある、あれでしょ、なんか、お金もらうとき、よくわかんないけど、じいちゃん死んだときもいくらか、持ってかれたらしいよ

妹　誰に

男　国じゃない

妹　なんで国が、家のおじいちゃんのお金を持っていくんだろうな

男　知らないよ

妹　俺じゃあ国なくても良いや

男　馬鹿じゃねえの

妹　なんでだよ

男　住むとこなくなっちゃうじゃん

妹　、なんで

男　だってここだって国だから

妹　、、ここ?

男　国の、、、え、国ってなんだ?

妹　、土地?

妹 じゃあ不動産屋はなに
男 何って何、不動産屋だろ
妹 …、不動さんとは関係あるの
男 だれ
妹 お不動さん
男 ああ目黒不動
妹 目黒以外にもあるんだよ
男 知ってるよ、縁日だろ
妹 え
男 目黒不動の縁日だろ
妹 何が
男 お前忘れたの良く行ったじゃん目黒不動尊の縁日覚えてるよ、毎月28日に開かれるあれでしょそれだろ？
妹 …、何の話？
男 …、…、縁日？
妹 縁日、…、…、将来の話だ
男 ああ、…、え、お前はなんか考えてんの、将来とか

妹　私は、まあ普通に結婚とかして、子供とか産んで、あれじゃない普通に暮らすと思うよ
男　じゃあ俺もそうしよう
妹　だから、無理でしょ、今のままじゃ
男　あ、そういうことか
妹　、何が
男　いや、なんか、モヤモヤしてたのが、晴れたわ
妹　、、、世間
男　え、、、
妹　何に甘ったれてんだよ
男　、兄ちゃんそれ甘えなんじゃないの、甘ったれなんじゃないの
妹　なんかさ、俺、全然、大丈夫なんだよね別に今のままでも
男　、、、
妹　どういうことか
男　いや、俺はなんとかやっていけるんじゃないか、、逆にお前みたいに色々考えてると駄目なんだよ
妹　、、、
男　、、、そういうことか
妹　ねえよ
男　、一理あるだろ

男　あるよ
妹　ねえよ
男　じゃあねえよ

　　　―間―

男　お前ちょっとあれ買って来い、食べ物、こんな飲み物ばっか飲んでんのおかしいだろ
妹　は、自分で行けよ
男　行かねえよ、俺は、着替えなくちゃいけないだろ、お前はそのまま、行けるんだから行けよ
妹　いやだよ
男　お金出すから
妹　お金あんの
男　あるよ、金なくてどうやって暮らすんだよ、考えろ
妹　じゃあ２万円返せよ
男　、、そこまではない
妹　お前、家賃とかどうすんだよ
男　払えなくなったら加奈子の家に行くから
妹　別れたんでしょ
男　別れたけど、子犬が家に迷いこんできたらどうする？　やさしくするだろ

妹 自分を子犬にたとえんなよ
男 うん、俺もそれはちょっとそう思った
妹 カメラ売れば
男 カメラ売ったらどうなっちゃうんだよ
妹 才能ないんだから
男 そうなんだよな
妹 、、、
男 俺考えたんだけど、カメラ屋さんになろうかな
妹 そんな簡単になれないでしょ
男 いや結構いけると思うんだよな、カメラのことだったら結構知ってるし
妹 じゃあやれば
男 でもカメラ売るにはカメラ仕入れないといけないからさ、そんな金ないから
妹 じゃあどうすんのよ
男 だからまあ行き止まりだな
妹 ちょっと、絶対お金とか貸さないからね
男 ええ
妹 年老いて、幸せに暮らしてるところに来ても、一銭も貸さないからね
男 一銭くらい貸せよ、1円より安いんだぞ

妹　じゃあ、一銭だけ貸す
男　一銭じゃどうにもならないよ、今、一円より一銭の方が価値あるかもしれないね、そういうお店とかで
　　　──妹、立ち上がる
妹　　、、、コンビニどこ？
男　セブンがいい？
妹　どこでもいい
男　じゃあ、出て右に真っ直ぐ行って大通りの向かいにローソンがあるよ
妹　お金
　　　──男、タンスから財布をだす、中を見る
男　314円で足りる？
妹　足りないよ
男　じゃあゴメンないや
妹　、、、死ね
　　　──妹、出て行く
男　死なねえ
　　　──男、裏を覗く、戻る
田辺声　村上さーん、、、います？

男　いるよー、はいってー

――田辺、来る

田辺　お邪魔しまーす
男　おーす、何してたん
田辺　バイトすよ
男　え、いま夜
田辺　なに夜ですよ
男　あそう
田辺　大丈夫すか、あ、これ
男　え
田辺　マンガ
男　ああ、持ってってたの
田辺　はい、俺、シュウトくん気にいらないっす
男　何でよ
田辺　なんかはっきりしなくて
そうだけど、シュウト君がはっきりしちゃったら、終わっちゃうからそれ
男　俺も彼女にシュン君とか呼ばれてるんで
田辺　うん

田辺　シュウト君、シュウ君とか呼ばれるじゃないすか
男　ああ
田辺　なんか、むかつくんすよね
男　、、ああ、似てるから、、
田辺　続きはないんすか
男　今何巻？
田辺　えっ、シュウトくんとユリアが遊園地で偶然会うとところ、までかな
男　え、姫宮サワコといるとこ見られちゃうやつ
田辺　そうそう
男　ああ、あそこどきどきするよね
田辺　あの、ユリアがなんか言うじゃないすか
男　どこ
田辺　なんか、こういう格好でしなだれかかって、なんか一言いうんすよ、あの後ろに線はいって、目、白目だけになって
男　うんどこ
田辺　ゴチョゴチョゴチョってなんか言うんすよ、あの一言感動しますよね
男　え、なんて言ったの
田辺　、、、、ちょっと覚えてないす

田辺　あとどれくらいいつづくんすか？
男　いや、それさあ、その次の巻くらいまでしか持ってないんだよ
田辺　え、マジすか？　こういうの最後まで読まないと気分悪いんすよね
男　ああそう
田辺　最後までないんすかね
男　加奈子のだからな
田辺　加奈子さんは？
男　バイト
田辺　夜勤すか？
男　さあ、もう帰ってくんじゃない
田辺　いや、うちの彼女が、バイトしたいって言ってるから
男へ？　加奈子のスーパーで？
田辺　いやどこでもいいんすけど、なんか、加奈子さんとこでバイト募集してたから、どんな感じしか聞きたいとか言って
男　バイトしてなかったっけ
田辺　ああ、今度こっちに越してくることにしたんで
男　え、隣に住むの、一緒に？

田辺　あ、はい
男　へえ、え、結婚？　結婚？
田辺　あはい
男　え？　マジで
田辺　はい
男　うわ、え、あ、そう
田辺　はい、俺ももうすぐ30なんで、あんまりボーっともしてらんないかなと思って
男　えでも俺もう30だよ
田辺　知ってます
男　おうおうおう、、、、え、結婚てどうやんの
田辺　いや俺も良くわかんないんすけど、なんか書類みたいのにサインすればいいみたいすよ
男　ただ？
田辺　いや、いくらか取られるんじゃないすか？
男　誰に？　相手の親に？
田辺　いや国に？
男　ええ、幾ら1万円くらい
田辺　え、でも結婚だから、結構10万円くらい取られるんじゃないすかね

男　たけえなあ、なんで 10 万円もあげなきゃいけないんだよ
田辺　10万円かどうかは知らないすけど、やっぱ結婚となると、ただってわけにはいかないでしょうね
男　え、それ田辺くんどこで調べたの
田辺　あ、まだ調べてないんすけど、ネットとかで見て、あ、彼女が調べてくれると思うん　で
男　あそうか
田辺　え、結婚するんすか？
男　しないよだって 10 万円持ってないもん
田辺　あったらするんですか
男　ええ誰と
田辺　、、、、村上さん、加奈子さんとどうなんすか？
男　、前に話したじゃん
田辺　俺、よくわかんなかったんすけど
男　うん、俺もよくわかんない、
　　　──男、ファミコンをつける
田辺　でもさ、結婚してもさ、10 万円取られ損じゃない
男　え、でも結婚したら子供作ってもいいから

男　結婚しないと子供作っちゃいけないんだっけ
田辺　そうじゃないすか
男　それ法律？
田辺　あ、多分
男　え、子供つくんの
田辺　はい、四人
男　四人？
田辺　プロゴルファーにするんす
男　、4人とも
田辺　いや、4人にやらせて2人もならせたら良い方っすよね、そこの川原で練習とかさせるんで
男　そんな、簡単じゃないんじゃないの
田辺　あ、自分のツレがレスリングやってたんで
男　、、、、なんで？
田辺　そっちのあれがあるから
男　、
　　　―田辺、ゲームの画面を見て
田辺　いくつまで行きました

男 え、、、あ、今ね主人公が97、あとのやつ等は70とかじゃない
田辺 まだ行かないんすか、例の洞窟
男 え、行きたい？
田辺 いやまだ行きたくないすよね
男 だよね、ここだよ、このごちゃごちゃしたとこ
田辺 お、入っちゃうんすか、入っちゃうんすか
男 はいんなーい
田辺 あぶねえ、あぶねー、最後の洞窟入っちゃったらもう、出てこれないすからね
男 ねえそれホントなの、でも、宿でさセーブしておけばいいわけでしょ
田辺 ああ、それで、一回リセットして、またそこからやれば出れるけど
男 でもこれさ、すげえ金もってるよね、俺たち
田辺 国が傾きますよ、マジで
男 これだけ金持ってんだからさ、魔王とか金でなんとかなりそうじゃない
田辺 そうすよね
男 軍隊とか組織できるよなあ
田辺 でももうさすがに最後の洞窟行く時期かもしんないすね
男 そうね、最後の洞窟にコンクリ流して魔王ごと埋めちゃえるよね？ こんだけ金持っ
　　てたら

田辺　俄然いけますね
男　でもこの人等コンクリとか知らないのかな
田辺　でも、おれバイトでコンクリ練ってるから俄然やれますよ
男　、、、俄然てなに
田辺　、ええ、気持ち的にノリノリでやれる、っていう
男　、、あ、そっか、田辺くんて昔暴走族だったんでしょ
田辺　そうすよ
男　言葉とか知ってるよね
田辺　あ、勉強はちゃんとやってたんで
男　そうだよね、しっかりしてるよね
田辺　えでも村上さんも大学でてるんでしょ
男　うん、でてるから俺も結構しっかりしてるんだけどね
田辺　大学で何やってたんすか
男　写真
田辺　大学でやってたんだ、写真
男　うん
田辺　記念写真みたいなことですか
　　　そういうのもやった

田辺　へえ、ちゃんとやってたんすね
男　うん、あんま学校行ってなかったけど
田辺　あ、俺ちゃんと行ってましたよ
男　、へえ、意外

―間―

田辺　入っちゃおうか、洞窟
男　いいすけど出れないすよ
田辺　なんで？
男　なんか、他についてってるやつが「今は魔王を倒すことだけを考えましょう」みたいなこと言って出してくれないんすよ、なんか、養生意気なんすよ
田辺　え、でもさ、それじゃあ、弱いまま入っちゃったら、もう倒せないじゃんだからなんか、洞窟の中で普通に暮らせるような、宿屋とかもあって、そこで、倒せるまで、ずっと居られるんすよ
男　え、じゃあいいか、どうする入る？
田辺　え？
男　洞窟
田辺　魔王やるんすか
男　うんやっちゃう

田辺　俺は村上さんいいなら良いすよ
男　俺は田辺くんが入ろうって言うんなら入るけど
田辺　じゃあ入りましょうか
男　でもなんか決められたレールの上を行ってるような気がすんだよな
田辺　ああ、、、え？
男　魔王を倒すっていうのは
田辺　でも避けては通れないすよ
男　そうね、じゃあ、入っちゃうよ
田辺　ほんとに良いの
男　いいすよ

　　　―男、最後の洞窟に入る

田辺　何これ？　あ、、、入っちゃった
男　もう出れないすよ、一生、この洞窟の中ですごすんすよ
田辺　それもまた人生だよね
男　あここちょっと難しいんだ
田辺　え、あこどうなってんの
男　あ、違う違う

男　え、何がこれ
田辺　あもっとソフトに行かないと、落ちますよ
男　え、何が、じゃちょっとやって
田辺　あ、いいすか
男　うん

――男、コントローラーを田辺に渡す

田辺　あ、魔法使っちゃっていいすか
男　あ、いいよ、魔法にあんま頼らない生活してるから
田辺　あ

――田辺、コントローラーを握り画面を見る
――男、体を伸ばしながらそれを見ている

田辺　なつかしいなここ、俺結構長いことこの洞窟の中で生活してたから
男　いつやってたの
田辺　かなり前すね
男　良く覚えてるよね
田辺　、俺こういうの忘れないんすよね
男　この洞窟って深いの
田辺　深いっす、あれ小石っすか

——田辺、ファミコンの下をみる

男　　え

田辺　ここんところに貼り付けてあるの小石すか

男　　あ、それ取っちゃ駄目だよ

田辺　なんですか、まじないすか

男　　いや、そのファミコン拾って来たんだけどさ、大分前に、あぁ、小石は？

田辺　それ取ると動かなくなっちゃうの

男　　え

田辺　うん、どういう仕組みかはわかんないんだけど、一回取ったら動かなくなっちゃった

男　　、どうなってんだろう、多分微妙に傾いてないと駄目なんだろうね

田辺　、まあ気をつけます

男　　気をつけて

田辺　うん

男　　、村上さんてえ、

田辺　、なんかお茶かなんかないすか

男　　え？　あ、それ飲んでいいよ

―田辺、男が指したお茶を探す、取る

田辺 あすいません

　　　―田辺、飲んで、口の中で味わう

田辺 でもこいつ等あれですよね、学校も行かないで良いし、バイトもしないで良いし、ずっと敵を倒したりしてるだけで良いから良いすよね

男 だよねえ、何にもしないでずっとブラブラしてればいいんだもんな

田辺 そうっすよね

男 あれ、待てよ

田辺 、

男 、俺もだ

田辺 え

男 俺もそうだった

田辺 あホントだ、村上さんマジでバイトした方が良いすよ、あれだったらうちのバイト先紹介しますよ

男 うんでもな、なんか、なんかなりそうな気がすんだよな

田辺 意外となんともならないんすよ

男 、、、そう？

田辺 あでも、あれだな、うちのバイト先、先輩後輩とかすげえうるさいから、大変なんす

男　よ、人間関係とか、あれ腐ってないすか

え、マジで

——男、田辺からお茶を受け取り、一口舐める

田辺　あ、大丈夫、これ古くなるとこういう味になるの

男　それって腐ってるってことですよね

田辺　味が変わっただけだよ

男　だってなんか、、大丈夫すかこれ

田辺　大丈夫だよ

男　、ああ、今、稲妻の剣一つ拾ったんすけど売っちゃいますよ

田辺　え、売れるんだ

男　店もあるんで、中に

田辺　へえ、、、、、今何時？

男　8時すぎくらいだと思いますけど

田辺　8時か

男　、

田辺　最初さ、時間とか曜日の感覚なくなるじゃん、そんで次に月の感覚なくなって、季節もなくなるの

男　、はあ

男　そんで最終的にはなんか夢も現実もわからなくなるんだよね
田辺　それ大丈夫すか
男　あ、俺はまだ季節が怪しくなったくらいだから
田辺　あここ、宿とかある
男　あホントだ
田辺　でもなんかそういうのありますよね
男　、そういうの
田辺　いやそういうあれ
男　、どういうあれ

　　　―玄関で扉の音
　　　男・田辺、玄関を見る

田辺　あ、お邪魔してまーす
　　　―靴を脱いだりするような音
　　　―女、来る、カバンを置く
男　あ、お帰り
女　、、
男　お疲れ
田辺　お疲れさまーす

―女、男・田辺を一瞥し奥へ

田辺　；；

男　　；；―男・田辺、ちょっと顔を見合わせる、思い思いに下を見る

　　　　聞こえなかったのかもしれないしね

　　　―間―

田辺　；；―男、裏を覗く

男　　；；

田辺　；；何してます？

男　　；；着替えてる

田辺　；；バイト帰りすかね

男　　そうだと思うよ

田辺　機嫌悪いんすか

男　　うーん

田辺　いつもあんな感じすか

男　　いや、たまにだね

田辺　ヤバイすかね

男　　あんまり刺激しない方がいいかも

田辺　ええ、；；セーブしときます？

男　そうね
田辺　じゃあ一回宿に戻りますね
男　うん

　　——女、来る、寝巻きに着替えている、仁王立ち
　　——男・田辺、女を見上げる
　　——間——

田辺　あ、お邪魔してます
女　、、
男　、、
女　トイレ
男　え
女　トイレ使わせたでしょ
男　、、
女　、、
女　その人にトイレ使わせたでしょ
田辺　、、
男　、田辺くんだって人間なんだからトイレくらい使うよ
女　なんで居るの
田辺　え、、、、、、

男　いや田辺くんがファミコンやりたいって言うから

　　　―間―

田辺　、、、、

女　本当？

田辺　、、あ、いや、、でも、村上さんが、、、

男　、、、え、

女　あんたたち何してんの？

男　、、、、

女　何で私の部屋に居んの、

　　　―男、色々な所をゆっくり見る

男　、、、

女　ねえ、、、何してんの

男　、、、ファミコン

女　、、、私、働いてんですけど

男　、、、はい

女　ねえ

男 、、はい、働いてます
女 ひっとが働いてんのに、、
男 、、、あ、でも僕らいつもやってるんで、ファミコン、、
女 あ？
男 、、
女 こんの、、
男 ―女、言葉を探す
女 バカ
男 、、、
女 ―男、えへという顔をする、田辺と顔を見合わせる、ニヤニヤする
男 、、
女 ―男、男に近寄り、腕を振り上げ男を殴る
男 ―間―
女 痛ってえ
男 、、痛いか？
女 ―女、強く言う
男 、、はい

―女、電気を消す、テレビの明かりだけ、布団に入る

田辺　、、、
男　　、、、
男　　加奈子、、カナブン、、ねえ、、、暗いよ
女　　、、、
男　　あ、自分帰ったほうがいいすかね
田辺　え
男　　あ自分
田辺　うん帰ったほうがいいんじゃない
男　　はあ

　　―間―

女　　なんで居ればいいじゃん
男　　え、ええ
田辺　あでも、ちょっとメールチェックしないといけないんでえ、なんの、田辺くんパソコン持ってないでしょ？
男　　、、はい、、
田辺　、魔王は
男　　あ、じゃやっといちゃってください

男　　えでも

田辺　じゃあ今度

男　　うん、宿屋どこ？

田辺　あ、ここ道なりに行くと宿とか、店とかあるとこに出るんで

男　　そうす、じゃあ

田辺　うん

男　　じゃあ加奈子さんまた

女　　、

田辺　すいませんしたあ

　　　―田辺、退場

男　　あ、ごめんねえ

　　　―男、長嶋茂雄のマネなどする

　　　―間―

男　　…

　　　―男、田辺を見送りがてら、立ち上がる

女　　…

　　　―男、女を覗き込み

男、寝るの
女、まだ8時だよ
男、お風呂はいったほうが良いんじゃない?
女、ねえ、
男、お前お惣菜臭いよ
女、
男、思ってるよりお惣菜くさいよ
　　　—女、向き直る
女、
男、お惣菜つめたりお惣菜並べたりお惣菜あれしたりお惣菜ばっかあれしてんだからお惣菜臭くて悪い?
男、
　　　—女、背を向ける
男、でも、オカズの匂いがしてると眠れなくない?

男　なんかあったの？
女　、、、ファミコン消して、チラチラする
男　うん、ちょっと待って宿に行くから
　　―間―
　　―男、ファミコンをしだす
女　良く飽きないね
男　うん俺もそう思うんだけど、、、俺さやっぱ意外と勤勉なんじゃねえかな
女　、なにが？
男　だってさ、結構、寝るかゲームするかじゃない？　これ時給で計算していくとなりなり働いたことになってんだよね
女　時給幾らで考えてるのよ
男　お前の時給幾らだっけ
女　あんた殺すよ
男　、殺したらお前も逮捕されるんだぞ
女　知ってるよ
男　すげえ稼いでるんだよ俺ゴールド
女　ゴールド？　金？
男　通貨、この世界の

女　どの世界よ
男　だからゲームのだけど
女　ねえ、あんたこれから生きてくのに一ヶ月いくらかかるか知ってる？
男　え、円？
女　、円？
男　円？　円の話？
女　、円に決まってるでしょ
男　ああゴールドだったら俺かなりの年収いくと思うんだけどな
女　ねえ、ゴールドを円に両替してもらえるの？　銀行とかで
男　出来るわけないじゃんそんなの
女　、、、働く気とかないの？
男　、、、今ん所ない
女　働かないでどうやって生きていくのよ
男　どうやったら働かないで生きていけるかな、、、とはいつも考えてるよ
女　ご両親のこととか、心配じゃないの
男　え、心配だよ
女　妹さん死んでさ、弱っちゃったんでしょうんだから心配なんだけど、まあ、なるようになるだろう、と思っている、所があるな

女　なんでそんななんの悩みもなく生きていけるの
男　あるよ悩みくらい
女　何よ
男　ええ、地球温暖化とか
女　、、、
　　—間—
女　私、死にたくなることもあるよ
　　—間—
男　なんで？
女　なんだろう、わかんない
　　—間—
男　大丈夫だよ
　　—女、鼻で笑う
男　、、、なんだよ
女　大丈夫ってなんだよ
　　—女、鼻で笑う
　　—間—
男　考えるのやめたら

女　……、ちょっとは考えてよ

　　　—間—

男　……、布団の中でもそもそする、立ち上がる

　　　—女、ファミコン消して

女　ファミコン消して

男　うん

　　　—男、ファミコンの電源を切る

女　……

男　……

　　　—女、奥の電気を消す

　本格的に寝るの？　俺あんま早く寝ると金縛りにあうんだよな

　　　—男、テレビを消す、CDをかける、自分も布団に入る

　　　—間—

　　　—妹、来る、暗いのでシルエットしか見えない

妹　兄ちゃん

男　うん？

妹　CD消して良い？

男　え、なんで？　いいけど

　　　—妹、枕もとの明かりをつける

妹　音楽かかってると寝られないから
　　——妹、CDデッキの前へ、CDを消す
男　そうだったっけ？
妹　うん
男　俺、音楽かかってないと金縛りにあうんだよな
妹　そうだったっけ
男　かなり前からそうなんだよ
妹　知らなかったわ
　　——妹、布団に入る
男　え
妹　金縛りってなんか白い女の人とか来るんでしょ
男　なんかそうじゃない？
妹　白い女の人ってなに？
男　白い女の人が白いの女の人が白いの　何が白いの
妹　白人みたいなこと
男　いや、服装が、幽霊みたいなものだから
妹　ああ、幽霊って白い服着てるよな
男　見たことあんの

男　、ねえな
妹　なんか白い女の人が大勢来て上にのしかかってくんでしょ
男　なんでそんなことすんの
妹　幽霊だからじゃない？
男　なんで
妹　恨んでるんじゃない生きてる人のこと
男　生きてやがってって思うんじゃない
妹　生きてるだけで？
男　ああ、大変だなそれも
妹　大変かな
男　大変なんじゃないだってすげえいるから生きてる人
妹　ああまあね
男　お前何しに来たの
妹　だから別に何しに来たわけじゃないけどお母さんになんか言われて来たの言われてないよ、あ、言われた、ねえ年金自分で払ってないんだって？
男　え、マジで？
妹　なにマジって？

男　俺、年金払ってないの？
妹　払ってるの？
男　いや払った覚えはないけど
妹　払った覚えなかったら、払ってないに決まってるでしょ
男　ああ、そういうことか
妹　どういうことだと思ったのよ
男　いやあいうのって銀行とかから勝手に引かれるのかと思ってたからさ、母さんが払ってくれてんだって
妹　だから、母さんが払ってくれてんだって
男　ああ助かる
妹　それを自分で払いなさいって
男　幾ら？
妹　知らないけど
男　お前自分で払ってんの？
妹　当たり前でしょ
男　すげえなお前
妹　ちょっと、
男　うーんいまいちちょっとシステムがわかんねえんだよな、年金とかって、あれなんなの？　なんで払ってんの？　それでまた戻ってくんでしょ？　二度手間じゃねえ？

妹　知らないよ私だって、なんか良いことなんでしょ
男　なんで？　なんか福祉とかに役立ってんのかな
妹　知らない、そうじゃない
男　じゃあいいけどさ
妹　払ってないんでしょ
男　だって母さんが払ってくれてんでしょ
妹　それ父さんのお金じゃん
男　なるほどな

　　　　―男、もう寝ようという感じで体勢を変える

妹　何よなるほどって
男　うん
妹　、、兄ちゃんさ、今、年収どれくらい？
男　ええ、数えたことないからなあ、えーっと、11×9っていくら？
妹　、、99でしょ
男　ああそうか
妹　11が、、月収？
男　そう、結構あれだろ？　思ってるより稼いでただろ
妹　なんで12かけないの

男　だって9ヶ月しか働いてないもん
妹　、兄ちゃん26でしょ
男　そうだっけ、そうか
妹　私より全然稼いでないじゃん
男　うんでもそれはほら働いてる時間が違うから、俺だってもうちょっと働けば、もっとお金もらえる
妹　当たり前でしょ
男　うん、写真も撮らないといけないし
妹　撮ってるの？
男　撮ってない

　　―間―

妹　結婚は
男　え
妹　しないの？
男　しないよ
妹　私先にするよ
男　え、松岡君と
妹　わかんないけど、誰かは

妹　え、別の人になったの
男　誰かわかんないけど、早めにしようと思って
妹　、、、なんで？
男　だって、母さんたちも結構いい歳だから
　　まだ大丈夫だろ
妹　うんでも早く孫の顔が見たいんじゃない
男　そういうもんなの？
妹　そういうものらしいよ
男　ふーん

　　――男、もう寝るという感じを出す

男　孫か
妹　うん
男　、、、
妹　おやすみ
男　うん
妹　電気消してね

　　――妹、電気の方へ

妹　ねえ
男　、、うん
妹　未来のこととか考える
男　え？
妹　未来のこととか
男　、、宇宙ってこと？
妹　宇宙？、、未来のこと
男　、、たまに考える
妹　何色？
男　え
妹　未来、何色？
男　何色？　水色
妹　え？
男　、、、なんで生きてるんだろ
妹　、、、え？
男　、、、、、、、おやすみ

—間—

男　、おやすみ
　　──妹、電気を消す
　　──暗闇──
　　──携帯の音
　　──女、ごそごそ起き上がり、携帯を開く、液晶画面の明かりが女の顔を照らす、メールを読んでいる

男　うん？　どうしたの
女　；；
男　；；
女　──男、また寝ようとする
男　え、どこに？
女　出かけてくる
男　何時？　夜中？
女　──女、着替えている様子
男　どこ行くの？
女　うん
男　；；

女　ちょっと、行ってくる
男　ああ、、、気をつけてね
　　―女、出て行く
　　―奥の明かり点きっぱなし
　　―男、一度布団に入るが、起き上がり、立ち上がる、奥へ
　　―部屋の電気点く
　　―間―
田辺声　おはようございます
男声　うん
田辺声　寝てました?
男声　、寝てた
田辺声　あのこれ彼女です
彼女声　あどうもはじめまして
男声　ああ、一度、会った、、
彼女声　ああはい
　　―間―
田辺声　え、あがっちゃっていいすか

男声　え、あ、どうぞ
田辺声　あじゃあ
　　　　—男、入ってくる、玄関を振り返っている
　　　　—田辺と彼女、奥で靴を脱いでいる様子
田辺声　いい天気すね
男　　　そうね、どうしたの
田辺声　え
　　　　—田辺、来る
男　　　どうしたの
田辺　　何がすか
男　　　いやこんな時間から
田辺　　ああ、彼女が越してくるんで挨拶がてら
男　　　ああ
田辺　　あと、今うちバルサン焚いてるんで
男　　　ええ、こっちに逃げて来ちゃうじゃん
田辺　　そうなんすか
男　　　え、だって、ええ
田辺　　でも、死ぬよ

男　死ぬけど、逃げて来て死なれたらやじゃん
田辺　でも、ゴキブリいっぱい居るから、おい入れよ
彼女声　大声出さないでよ
男　いっぱい居んの？
　　　――彼女、来る
田辺　はい
男　…、嫌だなあ
　　　――3人、立っている
田辺　バルサンの
彼女　、
田辺　バルサンの話
彼女　え、バルサン
田辺　うん
　　　――男、座る
彼女　――彼女・田辺、つづく
男　部屋のこっち側で焚いたんで、逃げていくとしたら、向こうの105の方です
　　　、お爺ちゃんだよ105
田辺　あ大丈夫すよ、105のお爺ちゃん軽くボケてるんで

男　食われちゃったりしない？
田辺　しないすよ、なんすかそれ
彼女　村上さん超面白い
男　こっちに来ちゃったら、ここでも焚いたら良いんじゃないすか
田辺　えだって加奈子居ない間にそんなことしたら怒られるだろ
男　加奈子さんまだ帰ってこないんすか
田辺　、うん
男　心配すね
田辺　そうね
彼女　加奈子さんて村上さんの彼女の
田辺　、、うん、まあ
男　まあ、違うけどそういう感じの
彼女　、、どうしたの
田辺　何が
彼女　居なくなっちゃったの
田辺　どっか行っちゃったんすよね
男　うん、なんか

彼女　どこ行っちゃったの
田辺　知らないけど実家っすかね
男　違うんじゃないかな
田辺　あ、これソバ
男　え
田辺　ソバ

　　　—田辺、乾麺を男に渡す

男　あありがとう

　　　—間—

田辺　食べないんすか
男　え、今？
田辺　腹減っちゃって
男　ええ俺今あんまり
田辺　あそうすか

　　　—間—

男　ファミコンする？
田辺　、
女　あ自分あんまゲームとかしないんで

男　あ、そう

　　—間—

田辺　魔王倒しました？

　　まだ生きてるよ

彼女　ねえ、うちの部屋の方が最近改装されてるね

男　なんで

田辺　天井の壁紙がさ

彼女　あ、本当だ

田辺　えなに？

男　天井の壁紙がうちの部屋の方が新しいんすよ

男　ふーん

　　—男、ボーっと天井をみている

　　—間—

男　—男、ファミコンに近づき

彼女　やっていい

男　あ、どうぞ

　　—男、ファミコンの電源を入れる

　　—男・田辺、ファミコンの前に集まる

男　あ、これマンガ、途中までしかないけど
　　――男、彼女にマンガを渡す
彼女　ああ、ええ
田辺　今どの辺いるんすか？
男　何階だったかな？　滝があるとこ
田辺　あ、もうそれもうすぐですよ
男　あマジで
田辺　確か
男　ここだよ
田辺　これだけじゃわかんないけど多分
彼女　ねえ、なんでタイル敷いてあるの？
田辺　え
彼女　洞窟でしょ
田辺　、、、
男　だって歩きにくいからじゃない
彼女　良いじゃん洞窟なんだから
田辺　リフォームだよ

彼女　え？

田辺　リフォーム

彼女　リフォームって何？　なんで？

田辺　お前、何でいちいちそうやって突っかかってくんの？

彼女　…

田辺　ああ、住みやすくしたのか

彼女　一応住むんでやっぱり

田辺　…、誰が

彼女　だから、魔王と部下の人たち

田辺　そういうのってさ、魔王がちゃんと工務店的なところに電話してあれすんの、部下の怪物にやらせるんじゃないの

彼女　電話？

田辺　違くて、工務店的な仕事を

彼女　せっかく怪物なのに？

田辺　何せっかくって

彼女　せっかくっていうか、だって、そんなの人間の工務店でもできるじゃん

田辺　お金かかるだろ、人間に頼むと

彼女　別に洞窟のままでいいのに

男　…

田辺　良くねえよ、だって一応そこに住んでるからさ、剥き出しのあれだと嫌じゃん、お風呂出たあと裸足で土とか鍾乳洞とか踏むの
彼女　なに？　鍾乳洞ってオシャレのつもりじゃねえよ、鍾乳洞のどこがオシャレなんのは？　オシャレのつもりで言ってんの
田辺　なんか突起物があってオシャレだからでしょ
彼女　突起物がオシャレってなんだよ
田辺　ライトアップとかされるし
彼女　それはライトアップがオシャレなんだろ
田辺　ライトアップって英語だからでしょ
彼女　え
田辺　シュン君英語はみんなオシャレだと思ってるから
男　田辺くん
田辺　思ってねえよ
男　田辺くん
田辺　はい
男　ここなに？
田辺　あ、これ魔王の部屋っす
　　　扉は固く閉ざされているって言われちゃうんだけど

田辺　伝説の鎧とか装備してます？
男　え
田辺　装備してないと開きませんよ
男　マジで
田辺　あとそこ入った横のところの部屋のツボに薬草入ってますから、やったあ
男　そんなことばっか詳しいね
彼女　なんだよお前さっきから
田辺
彼女　ーー彼女、立ち上がる
男　ーー
田辺　なに
彼女　お手洗いお借りします
男　ああ、はい
　　　ーー彼女、退場
　　　ーー間ーー
田辺　あ田辺くん魔王いたよ、ほら
男
田辺、

男　彼女なんか怒ってんの？
田辺　あいつナレッジブルーなんすよ
男　、、、何それ色？
田辺　結婚前になるやつです
男　病気？
田辺　まあそんな
男　大変だね

　　　―間―

男　ナレッジってビバレッジと関係あんのかな
田辺　ないんじゃないすか
男　なんで似てるじゃん
田辺　似て非なるものなんじゃないすか
男　そう
田辺　さっきまでケンカしてたんすよ
男　ああ
田辺　ザリガニのことで
男　ああザリガニのことで

　　―田辺、画面をボーっと見てる

田辺　死んだんす
男　あ、死んだんだ、、、、ご愁傷さま、としか言えないけど
田辺　いいっすよ
　　　―間―
田辺　あ、何やってんすか
男　、え
田辺　村上さん、仲間攻撃してますよ
男　いや、一対一でやりたいから、魔王とは
田辺　えでも味方全部殺しちゃったら、死んだら終わりですよ
男　そういうもんだろ
田辺　あ、かっこいいす
男　うん
　　　―彼女、顔を出す
彼女　シュン君、紙がもうないよ
男　、
田辺　ああ、上の棚みたいなとこに載ってるからセットしといて
　　　―彼女、戻る

──男・田辺、画面を見ている
田辺　わ主人公一人ぼっちすね
男　　タイマンだから
田辺　すげえ本物のタイマンじゃないすか
男　　しかも見て
　　──田辺、画面を良く見る
田辺　なんすか？
男　　武器武器
田辺　あ、何すかこれ
男　　木の棒
田辺　すげえ
男　　木の棒だけで魔王倒すから
田辺　すげえけどほとんどダメージ与えられないすよ
男　　いいのいいの
田辺　え、それで最後まで倒すんすか
男　　うん
田辺　無理っすよ
　　──彼女、戻ってくる、手に何か持っている

男　いやいけるよ、だって、向こうの攻撃全然効かないもん
田辺　ほんとだ
彼女　シュン君
田辺　なんだよ
彼女　蟹缶があったよ
田辺　え
彼女　蟹缶
田辺　え、どこに
彼女　台所のところ
男　あ、持ってこないでよ
田辺　え、どうしたんすか、買ったんすか
男　、加奈子の
田辺　だって、昨日までなかったっすよ
男　、加奈子さん帰ってきてないでしょ
田辺　うん
男　え、買ったんすか
田辺　うん

田辺　なんでですか
男　うん、蟹が食べたかったから
田辺　え、食べましょうよ
男　まだ食べない
田辺　なんでですか
男　、、
彼女　すげえな
田辺　お父さんがボーナス出ると
彼女　え、お前ん家なに蟹缶とか食べんの
田辺　これ、一人じゃ食べきれないと思うよ、私、家族4人であれくらいを食べてたから

　　　―田辺・彼女、男を見る
　　　―男、気付かないふりでファミコンをしている

田辺　どうやって買ったんすか
男　うん
田辺　あれすか、仕送りすか
男　カメラ売った
田辺　ええ
男　うん

彼女　カメラ
田辺　あ、村上さん写真家になろうとしてて
男　　写真家になろうなんてしてないよ
田辺　あそうすか
彼女　夢があっていいね
男　　、、、
田辺　、、、夢があるって良いですよね

　　　―間―

男　　、、、式とか挙げるの？
彼女　、、、
田辺　挙げたいんだけど
男　　金ないすから
田辺　ああ、金かかるんだ
男　　すげえかかるみたいで、なんか、100万とかかかるらしんすよ
田辺　100万
男　　はい
彼女　なんかね、ドレスとかも借りると、もっとかかっちゃうんだって
男　　、、、え、ああ

田辺　お前、急にため口にするなよな、村上さん戸惑うだろ
彼女　、、、
男　あ、いや、田辺くんに話しかけてんのかと思ったから
田辺　こいつ、ため口にするタイミングが急なんすよ
男　中間がないんだね
彼女　そういうのわかんないんだよね
男　ああ
彼女　若い頃はそれで良かったんだけど、大人んなるとシュン君のお母さんとかに間違ってため口で話しちゃってすげえひかれたっす
田辺　あれはひくよ
男　え、いくつ
田辺　オフクロすか
男　あいや
彼女　あ自分28す
男　、あじゃあ妹と一緒だ
田辺　あそうすか、あの、あれした、あれされた
男　うん死んじゃったけど、生きてたら

―間―

彼女　これ魔王？
田辺　そう
彼女　魔王っていってもあれだね、普通の人間とあんまかわんないね
男　、、でも痩せててあんま強そうじゃないっす
彼女　でもヌルヌルしてるよ、腕も４本あるし
田辺　結構強いんだよ
彼女　足が長いから、倒しやすいんじゃない
田辺　うん
男　あレスリングやってたんでしょ
彼女　やってたっていうかオリンピックの強化選手にまでなったんだけど
男　すげえ
彼女　あでも、実家が呉服屋なんで辞めました
男　、、、、、なんで
彼女　ああなんか
田辺　親が反対したんすよ
男　タイミング遅くねえ
田辺　あ、内緒でやってたんすよ、な
彼女　はい

男　　じゃあ金持ち？
彼女　倒産しました
男　　、もったいなかったね
田辺　そうなんすよ
彼女　ヤクザだから、呉服屋なんて
男　　そうなんだ
彼女　はい
田辺　、、

　　　―間―

彼女　味方全員死んでんの？
田辺　ああ、村上さんが殺したから
彼女　え
田辺　村上さんが殺したんすよね
男　　うん
田辺　魔王とタイマン張ってんだよ
彼女　張れんの
田辺　そのために味方全員殺したんだ
彼女　へえ、人殺しだ

男　　、、、
田辺　あとほら棒で戦ってっから
彼女　剣じゃなくて
田辺　うん棒
彼女　、、、これ、ここの腕のところあるじゃん
　　　──彼女、テレビを直接指で触って示す
男　　あ、ちょっと見えないよ
彼女　ここの腕んところの関節が取り易いんで、そこ取って逆に曲げてください
男　　、、、え
彼女　ここの関節あるじゃないすか
男　　うん
彼女　ここ逆さに曲げると軽く折れると思うんで
男　　うん
彼女　それやってみてください
　　　──彼女、テレビから離れ足を投げ出して画面を見る
男　　、、、
彼女　お前、村上さん困らすなよ

田辺　そういうゲームじゃねえんだよ
彼女　…
　　　——彼女、不貞腐れて寝転ぶ
田辺　あれっすね
男　…
田辺　そろそろ剣で殺して、ファミレス行きますか
男　うん
田辺　結構かかりますよ
　　　——3人、テレビ画面を見る
男　こいつムカつくんだ
田辺　はあ、村とか襲うからですか
男　なんかさあ、死ねると思ってるじゃん
田辺　はあ
彼女　…
田辺　…
彼女　…、王なんでしょ、魔王って
田辺　そうだよ
彼女　棒で殴られんのやだろうね
田辺　…、うん

男　プライド傷つくよね
田辺　はい
彼女　どんなこと考えるんだろう
田辺　やっぱ、、、家族のことかな
男　、、例えば
田辺　思い出とか
男　ああ縁日とか
田辺　はい
彼女　魔界のすか
田辺　魔界の、縁日とか、家族で行った動物園的なところとか
男　、、なんかちょっと可哀想ですね
田辺　きっと俺ってなんで生きてるんだろう、とか考えてますよ
男　うん
田辺　結構普段から態度とかでかかったじゃないですか、人を見下したようなことを言ったり
男　、、
田辺　プライドとかもうあれじゃないすか？　棒で殴られて殺されるんじゃ

男　　そろそろ剣で殺してあげたらどうすか
田辺　：：だめー
男　　：：
田辺　：：
　　　　ー男、黙々とボタンを押し続けますよ
男　　、うん
田辺　ーー男、ボタンを押し続ける
彼女　なんか、、ゴキブリ、どうしてるかな
田辺　え？
彼女　：：バルサンまだかな
田辺　　ーー彼女、時計を見る
彼女　まだ出てるよ
田辺　：：
彼女　お腹減った
田辺　うん
男　　：：
彼女　ファミレス行かない？

田辺　、、うん、、行かないすか？
男　　行かない
田辺　蟹缶食べるんすか
男　　まだ食べない
田辺　悪くなっちゃいますよ
男　　だって、缶詰だから
田辺　、、、でも、新鮮な方があれじゃないすか
男　　、、、

　　　―間―

田辺　行く？
彼女　うん
男　　、、、
田辺　じゃあ村上さん、俺らちょっとファミレス行ってきますわ
男　　うん
田辺　加奈子さん帰ったら食べます、蟹缶
男　　うん
田辺　そん時呼んでくださいね
男　　うん

田辺　行こう

彼女　これ借りて良いかな

田辺　ああいいよ

彼女　あ、じゃあ

　　—彼女、漫画を持ち

田辺　—田辺・彼女、退場しはじめ

彼女　ミラノ風ドリア？

田辺　うん

　　—二人退場

彼女声　肉食べない

田辺声　でも蟹食べれるかもよ

彼女声　でも加奈子って人帰ってくるまで食べれないんでしょ

田辺声　まあそうか

彼女声　あたしハンバーグ食べたい

田辺声　ミラノ風ハンバーグあっただろ

彼女声　ああ

田辺声　お前そのブーツ似合わねえよ

彼女声　買ってよ

田辺声　買わないけど
　　　―二人の気配なくなる
　　　―男、一度玄関の方をみる、ボタンを押し続ける
　　　―ゆっくり暗くなっていく、夜になったよう
　　　―男、ボタンを押し続けている
　　　―男、ボタンを2、3回押し、もう押すのをやめる
　　　―間―

男　死んだ、、、、
　　―間―
　　―男、そのまま仰向けに寝転ぶ
男　、、、、、
　　―間―
男　、、、、、俺さあ、なんか生きてるよ
　　―間―
　　―玄関で音がする
男　、、、
　　―間―
女　寝てんの
　　―女、入ってくる、男を見下ろす
男　ああ、ありがとう
　　―女、男を軽く蹴る

女　え
男　金縛りにあってた
女　、、
男　、お帰り
女　あんたまだ居たの？
　　　――女、荷物などを置く
男　、、どこ行ってたの？
女　、、、友達の家
男　、、、
女　3日も
男　、、、武良木さんと居た
　　　　――間――
男　加奈子、、、俺考えたんだけどさ、、
女　蟹食べる？
男　蟹？
女　蟹缶買ったんだ
男　、、
女　、、

　　――男、蟹缶を開ける、蟹を出して食べる、女に薦める

女　…

——女、蟹を食べる
——蟹を食べる二人
——女、泣き始める、泣きながらも蟹を食べる、泣いて暴れだす

男　加奈子、ちょっと、ご近所の目もあるんだから
女　わー
男　落ち着け加奈子
女　わー
男　落ち着け、蟹に集中しろ
女　わー怖い〜
男　怖くないよ缶詰だよ
女　こわい〜
男　何が
女　わかんない、うまい〜
男　うまい？
女　わーわー

——女、バタバタする
——男、女に蟹を食わせる

男　噛んで、ちゃんと噛んで、そっちいっちゃ駄目だ加奈子蟹の旨みに集中するんだ、そう、そう、蟹の声を聴け、加奈子
　　—男、女に蟹を食わす
女　—女、少し落ち着く
男　あぶなかった
女　…
男　加奈子、俺考えたんだけどさ、結婚しよう
女　え
男　結婚しよう
女　え嫌だよ
男　うん、な
女　あんたとは嫌
男　うんわかるわかる
女　…
男　、大丈夫なんとかなるから
女　ならないよ
男　大丈夫だって、それで子供を作ろう

女　馬鹿じゃないの毬藻も育てられないくせにあれは藻だから
男　無理無理絶対無理
女　うんわかるわかる気持ちは判る、でも大丈夫俺にまかせて
男　うん大丈夫大丈夫
女　任せられない
男　うん、、、ほら見て
女　—男、女の肩を抱こうとする
男　触んないでよ
女　—男、女のかたわらで前方を指差す
男　壁？
女　壁だけど、、、その向こうにほら
男　壁、壁しか見えない
女　壁しか見えないな
男　、
女　、
男　でもあれだよ、未来はあれだよ、、、あれ、、、
女　、、、これ、どうやって買ったのカメラ売って、、

女 ：……、3万円返して
男 ：うん、……、今度、
女 ：……
男 ：……
女 ：そうやっていけばいいんだよ、そうやって、やっていけばいいんだよきっと、……
　　——女、泣いている
　　——男、自信に満ちている
　　——溶暗——

——幕——

おやすまなさい

登場人物

1 サザエ

2

1

―溶明―

―舞台上に配置された家電の配置から部屋の形が推測できる。家電の待機明かりと窓からの明かりが舞台上を照らすのみ。暗い。布団が敷いてある。その上に大きめの金魚鉢、中にはサザエが入っている、机の上や下には、紙や薬のカラなどのゴミが散乱しているが暗くてよく見えない。

―1・2、布団の上にいる

2

1、は体を起こしている。クチビルを触っている

2

、なんかすっごい、、、すっごいベトベトしてんの、何が

1　な、ここんとこ
2　クチビル
1　そう、すっごいペトペトしたのが入ってくんの、家に、無理やり、
2　どうやって
1　無理やり、なんか穴から
2　え、人
1　え
2　人のクチビル
1　、クチビル、人とか、人とかじゃなくて、なんか見ためは普通なんだけど、明らかに
2　ベトベトしてんの
1　、それがどうやってはいってくんの
2　ちがう、入ろうとしてんの、そんでなんかよく見ると、小さいハエみたいのがなんかここについてんのまだ生きてん
1　、なんで
2　知らないけどこのクチビルの端んところ、くちばし？
1　え、普通にクチビルの端でいいんじゃない
2　なんかそこにびっしりハエがついてんの
1　うん、、人

1　え
　　人のクチビル

2　わかんないんだから、ちがうよ口のここにすっついてんだよ、びっしり、生きて生きてて、、、

1　なんか、こう、、、うわーベトベト、、何でわかんないの

2　え、え、何が、

1　怖かったってことだよ

2　うん、、わかるよ

1　ちがうそん（なんじゃない）、、、それが入ってこようとしてんの、なんか家に、はいられたらベトベトしたのつけられるでしょう

2　、つけられるんだ

1　当たり前だよ

　　—間—

2　皮とかすっごい剥けてんの、、、毛もはえてる

　　—間—

1　周りじゃないよ、クチビル、クチビル自体に、、短い太い毛が、、

　　—間—

2 　―1、2を見る。携帯電話の明かりで照らす
1 　―1、行かない、だから、、、、
2 　、コンビニかなんか行かない
1 　なに

1 　―1、テレビをつける。チャンネルを順に変えていくがどこも放送していない。
　　お前もか、、、、

2 　、消して
1 　―1、金魚鉢のサザエを見る
2 　―1、テレビの明かりで部屋の中少し明るくなる
1 　、、
2 　死んじゃったかな
1 　―1、金魚鉢を叩いたり、ゆすったりする
2 　ねえ
1 　、、
2 　、そんな簡単に死なないでしょ
1 　でも死んでるんじゃない
2 　生きてるよ、
1 　―2、寝たまま1に背を向ける

1 でも明日には死んじゃうかな
2 いいでしょどうせ食べるんだから
1 食べんの
2 他にどうすんの
1 でも食べて平気かね
2 、
1 これもしかしたら新種かもよ
2 ええ

1 お風呂場のフタあけとこにいたんだよ、あの窓開けてから多分入ってきちゃったと思うんだけど、捕まえようとしたらすっごい速さでお風呂に飛び込んで、ねえ、これただのサザエじゃないかもよ
2 うん、、食べたら一緒でしょ
1 えでも、でもこれでも、ゆでんの、お風呂にいたから死なないかもよ、お湯じゃあ
2 うん
1 、ねえ
2 、
1 、痛いの
2 、え、。、ああ、痛い

1 熱は
2 うーん
1 、薬飲んだ
2 飲んだ
1 、ホント風邪
2 え、風邪
1 、死んじゃうんじゃない
2 、死なない死なない
1 、テレビ消して、
2 、
1 ──1、テレビを消す
1 風邪だと思って甘く見て死ぬ人もいるしね
2 、
1 、エイに刺されると、風邪に似た症状が続いて刺された部分から腐って死ぬんだぜ
2 、エイ
1 知らない、エイ。平べったくて、、長い尻尾がある、毒を持ってる
2 ああ魚の

1 象すら殺す毒を持ってるんだぜ
2 どうやって象と会うの、あの人達、砂漠みたいなとこに住んでんじゃん
1 地球温暖化だね
2 え
1 海が増えて、ついでに砂漠も増えるから、出会う事もあるんでしょ
2 ヘー
1 、じゃあさ、あの、キャベツ、普通の緑の、キャベツをさ、紫にする方法知ってる
2 、なんで
1 、知ってる
2 、しらない
1 あすこにさ、あの小学校のところにさキャベツはえてんじゃん
2 、あれだからキャベツじゃないよ
1 キャベツだよ、成長しきってるからわかりづらいけど
2 、じゃあキャベツで良いよ
1 、ムラサキにする方法知りたい
2 、、、
1 、何眠くないの
2 、、、うん
1 なんで、眠れないの

1 寝るのもったいない、、なんか、なんも出来ないじゃん、寝ちゃうと
2 寝てるじゃん
1 え
2 なんも出来なくないでしょ、寝てるんだから
1 動いたり出来ないじゃん話したり
2 寝てるからいいんだよ
1 じゃあずっと寝てろって言われたら寝てる
2 寝てる
1 、、1年とかだよ
2 うん
1 100年とかだよ
2 え、うん
1 じゃあ、100年寝なね
2 、うん
1 100年寝たら、みんないないよ
2 うん
1 ねえ
2 、なに

1 寝れない

2 なんで

1 考えごとしてると

2 やめな

1 こうふん、興奮して寝れない

2 落ち着きな

1 無理だよ

2 考えごとなんかするからだよ、なんも考えないようにしな

1 考えないようにすると考えちゃうんだよな

2 羊の事とか、羊の事考えな

1 羊って、あの羊

2 え、うん、羊

1 なんで

2 なんか羊数えると寝れるって言うじゃん

1 そうなの

2 知らない

1 え、知らない、有名じゃない

2 羊数えるんだよ

1　知らなかった、どうして
2　え
1　なんで寝れるのそれで
2　知らないけど、子守唄みたいなもんなんじゃないの
1　へー、じゃあお願いしてみよっかな
2　え
1　数えて
2　え
1　あ、いや、自分で数えんだよ
2　あ、あそうなの
1　そうだよ
2　どこの、、どこの羊数えんの
1　どことかじゃなくて、、、架空の
2　なに、牧場
1　うん、あまじゃあ牧場でいいよ
2　ひろい、ひろいの牧場は
1　え、なんでもいいよ
2　全部数えんの、一列に並ばせたりしていいの
1　え、もうだからいいよ何してもいいよ、数えればいいの

1 全部？ すっごい大変じゃない
2 、、、そんな色々考えるからだよ
1 つうかだったら子守唄歌ってよ
2 えー
1 子守唄
2 やだよ
1 なんで
2 知らないもん
1 なんでもいいよそれっぽかったら
2 あ、いいよ
1 思い出したん
2 うん、えっとねえ、♪んーんんーんーそのー、……、そこー、そのー、光ってるー、
1 ねむれー
2 うそー
1 忘れちゃった
2 ええ
1 ええ
2 いやなんか、わすれてないんだけど、ストーリーっていうかなんか、心が貝の様になって海にしずんでなんか寝ちゃうみたいな、、なんか内容しか覚えてなかった

1　どこで習ったの
2　ええテレビかな、あるじゃんそういうの
1　どういうの
2　なんか子供のころ見るじゃん
1　幼稚園とかで
2　な覚えてないんだけど、、、眠ってどんどん沈んでいくの、そんで途中で魚とかにあったりすんの、なんか半ズボンの男の子が
1　え、なんで
2　、なにが
1　なんで半ズボンなの
2　知らないよ
1　半ズボンてこの辺までのやつでしょ
　　―1、足の付け根を示す
2　そうだよ
1　何でそんな格好で寝るのよ
2　、知らないよ、そういう家庭なんでしょ
1　なに、こじき、乞食の家庭ってこと
2　なんで、そんな複雑な家庭の歌じゃないよ

1 ……、羊数えな

2 ……、本当に効くのそれ

1 効くんじゃないこんだけ有名なんだから

2 そんな有名

1 有名

2 時給いくらの仕事だよって感じじゃない、そんな羊数えんのなんて、べつにそんな寝たくないし

1 寝てよ

2 ――2、寝転がってしまう

1 ……、

2 ……、

1 どうやんの

2 数えんの羊を

1 どうやって

2 ふつうに

1 ……。2、4、6、8、10、2、4、6、8、10、20、2、4

2 あ、ちがうちがうちがうちがう

1 え

2 そういうあれ、そういうえいじゅう的な数え方じゃない

1 えいじゅうって

2 そういう、えいぎょう、そういう、ビジネスライクな数え方じゃないの

1 何

2 だからそういうあれじゃないの、数えんのが目的じゃないの

1 何が目的なの

2 、だから、、、何匹かって事でしょ、、もういいよ

　　　　　—間—

1 じゃあおおよそ千匹、ねえ

2 え

1 おおよそ千匹、見た感じ、

2 、だいたいで数えたの、、

1 そう、そんくらいじゃない、牧場って、、

2 そうかもね、、、

1 どう

2 、、、うぅん

1 なにが、、、眠くなった

2　そう
1　次は
2　え
1　次何数える
2　もう、、じゃあ、床のゴミでも数えて、、ついでに掃除しといて
1　、なんで
2　、掃除してないからでしょ
1　、だって、ずっと寝転がってるからさ
2　、頭がいたいの
1　、、、。じゃあ電気つけていい、、
2　つけるよ

　　——1、電気をつける

2　、
1　、まぶしそう。なんとなく床のゴミを拾う。

　　——1、ものを拾う。ヒトデを見つける

2　1、
1　、ヒトデだ、、ねぇ

1、ちょっと、面白いよ、ねえ
2　、、、うん
1　、2、動かない
2　ー1、テープのようなもので2の顔をなでる
1　ー2、嫌がる
2　ー1、面白がる
1　やめ、何
2　いや
1　、なに、
2　、ヒトデ
1　え
2　ほら
1　どうしたの
2　ここにいた
1　、もとに戻しときな

―間―

1 　——1、窓の外を見る
、、、あのさ、キャベツをさ、、、、ねえ
2 あのキャベツを、、きいて
1 だからあれキャベツじゃないって言ってるでしょう
2 じゃあ、キャベツじゃなかったら何
1 知らないけどキャベツじゃないの、キャベツだったらもっと、キャベツ、でしょ
2 キャベツじゃないとしたら何
1 え
2 キャベツじゃなかったら、なんていう植物
1 え、名前なんてしらないよ
2 ほらじゃあ、キャベツじゃん
1 なんで、え、なんで、じゃあなに、、名前知らないとキャベツなの、じゃじゃあ、あちらのレディーは？　って聞かれて知りませんて答えたらキャベツなの？、、あちらのレディーはキャベツなの？
2 え、なにどちらのレディー
1 だからあちらの、、バーとかで、バーテンに、聞くでしょ、男がだれだれだれ、男はだれ

2 男はだから、、、、

1 なに

2 あれはキャベツじゃないの

1 レディーは、、、家帰った

2 、、じゃあ、キャベツをムラサキにする方法教えてあげようか

1 え

2 キャベツ

1 もういいでしょ

2 ちがう、あのあすこのキャベツがキャベツかどうかとかじゃなくて、どうせムラサキに塗るとかでしょ

1 ちがう、馬鹿だなあ

2 、、もっと、違うんだよな

1 、、どうやんの

2 、、アルカリ性にすんの

1 なにそれ

2 土をアルカリ性にする

2　なにそれどういうこと
1　だから、アルカリを買ってきて
2　え
1　アルカリを買ってきて
2　え、アリ、アリカルっ、、、、
1　落ち着いて
2　、、、、、、、、、頭痛い、ボーっとするなんか
1　──2、布団に入る
2　うんうん、大丈夫
1　アルカリ、って売ってる、の
2　売ってるでしょ
1　どこに
2　、、、、、、、、、薬局
1　、、、、、、何に効くの
2　何が
1　何かに効くんでしょ、薬局で売ってんだから
2　なんか、なんか妙に酸性な人とか
1　え

1　体が妙に酸性の人とかが飲むんじゃないの
2　酸性な人
1、汗をいっぱいかく人とか
2　汗って酸性だっけ
1　汗は酸性だよ、ティーシャツとか黄色くなるじゃん
2　あれ酸なんだ
1　そうそうデブの人とか、デブの人はアルカリ飲んでるよ、人より酸性だから
2　ヤセの人は
1、アルカリ性、、だからヤセの人の赤ちゃんはムラサキ色なの？
2　知らないよ、ムラサキじゃないよ、そんな赤ちゃんいたらもっとニュースになってるよ
1、じゃあ酸を飲ますんだ、産まれたときに
2　拷問じゃない
1　しょうがないじゃん、ムラサキ色の大人になっちゃうよりいいじゃん
2　アルカリ性だとムラサキになんの
1　そう、アルカリを土にまいて土をアルカリ性にしてそこにキャベツを植えるとムラサキになんの
2、なんで
1、そういう成分が入ってるのアルカリに、そんで最終的に町中の土をアルカリ性にし

2　て、こっちから見えるようにするからアルカリの、ムラサキの、ムラサキが、こう町じゅう
1　怒られるんじゃない
2　誰に
1　、ムラサキが嫌いな人に
2　そういう人が酸をね、
1　え
2　酸をばら撒いたりすんだよね、ホントやめてほしい
1　——1、窓の外を見る
2　雨降ってる
1　うん
2　凄い降ってる
1　凄い降ってる、、、雨って酸性なんだよね
2　なんか遺伝子とかの問題なんじゃないの、、キャベツがムラサキになるとかって
1　ヌクレオチド？
2　え
1　ヌクレオチドのこと？
2　なにが

1　あ、ポリ、ポリペプチド？
2　なに、何言ってんの
1　いでんしでしょ
2　え
1　こう、こうふになってんの
　　——1、手で遺伝子の二重らせん構造をまねる
2　え
1　、なにが
2　これあれだよ、こうなってんだよ、、二本がこううねうね
1　知ってる知ってる、なんかで見た
2　あ、しってる、かたっぽが壊れても、もうかたっぽが残ってれば平気なの
1　え
2　二本あんじゃん、それはね、もう一本が壊れてなくなっても、もう一本に、もう一本のことが書かれてるから平気なの
1　なになになに、ぜんぶ、全部もう一本て、もう一本じゃないやつは
2　え。だから、二人いて、一人いなくなるじゃん
1　なんでいなくなんの
2　なんか、なんか知らないけど、どっか行っちゃって、そんで、そんでも、その残った人が、いなくなった人の事を覚えてれば、いなくなってないの

2 へー

1 、、、、

2 わかったの、今の説明でわかったの

1 あんま

2 だから例えば、二人が遺伝子だったとすんじゃん

1 え、うん

2 こっちに、かかれてんのね、そっちの事が、だから、ひとつになっても平気なの

1 ひとつって混ざるって事

2 混ざんない。混ぜちゃ駄目、混ざんないでしょ、ひとつ壊れても平気って事

1 うん、遺伝子、遺伝子でしょ

2 、そうだよ

1 、ねえね遺伝子組み換えってなに

2 え

1 遺伝子組み換え

2 あの、だから、遺伝子を、組み換えちゃうわけでしょ

1 組み換えるって

2 ああ、ちょっと説明しづらいな

1 、、

2 あ、じゃあ例えば、、、例えば、ここ海ね、、海だったとすんじゃん

2　そこにこう、、、ざばーん、、ざばーん
1　うん
2　、ざーん、、、、、、そしたら、、、、、あ、は母なる海ね
1　、、うん
2　、、、、、
1　——1、つめを嚙んで考えている
2　、海なんでしょ
1　、、、、
2　——1、海の水を2にかける　ジェスチャー
1　、、
2　——1、海の水を2にかけ、駆け足で逃げる
1　、、
2　どこどこ、どこいくの
　　——1、考えている。息が出来ない、上に行かなきゃというジェスチャー。上に出る
1　、はーはー、、あぶねー、、、、、ね、、、こう

2 あの、、だから、、肺?、、、あと、、、エラ

1 ―1、座りつつ、だんだん別の物に気を取られていく
2 、エラってなんか、気持ち悪いよね、、見たことある、、なんかヌラヌラしてんの
1 、あ、ほんと
2 、見たことない

1 ―1、サザエに気がいっている
2 、やっぱ死んじゃってない
1 、塩入れた
2 何に、え入れてないよ
1 駄目だよ入れないと
2 なんで
1 だって、海しょっぱいじゃん
2 でもお風呂で採れたんだよ
1 、、
2 すごい速さで、湯船に飛び込もうとしたから、さって
1 飛び込むって
2 え

2 そういう動き出来なくない、貝って
1 でも、中身が違うかもしれない
2 え
1 サザエじゃないかもしれない
2 どういうこと
1 なんかサザエじゃないのが入ってる可能性だって否定できないんじゃない
2 なんで
1 だって、そうじゃん、箱の中に何が入っているのかわかるんですか
2 わかんないけど、箱にケーキって書いてあったら、ケーキが入ってるってわかるじゃん
1 あ、ばかだな、信じやすいな、思春期だな
2 、
1 私の中にだって、私じゃないのが入ってるかもよ
2 何
1 ご飯粒
2 え
1 ご飯粒びっしり
2 なんで
1 髪の毛がびっしり

2　気持ち悪

1　ね

2　でも、私の中には私が入ってるんでしょ

1　違うよ私が入ってるから私なんだよ

2　わけがわからない、なんだよそれ意味わかんない

1　──1、サザエを金魚鉢から出す

2　中身だけどっかから様子をうかがってるかも

1　なにそれ

2　中の中身が、でて

1　そういう動き出来るの、貝って

2　だから、そういう動きが出来るものが入ってるかも

1　──2、1からサザエを取ろうとする

2　まって、このトゲみたいなところに毒があるかもしれない

1　ないよ

2　まって

1　──1、サザエのトゲの部分をよく観察する

2　え、筒じょうになってる

2 ほら ホントだ穴が空いてる
1 え
　——1、穴を覗く

2 先っぽ
1 、
2 、、暗いな
1 なんか見えんの
2 、、うん
1 なに
2 なんか、気配がする
1 何が見えんの
2 空洞
1 空
2 いや、なんか、なんかいるっていう感じがする
1 食べれそう
2 まだ、食べる気なの
1 うんなんで

1　あんま食べるとか言わないで、怖がるから
　　──1、中身を出そうとする
2　出て来い、出て来い
1　、
2　、でない
1　、でない
2　、
1　心を開かせないと
2　こころあんの
1　、こころあんの
2　何だよ
1　なんだよ
2　──1、倒れこみ、エクササイズのような単純な動きを繰り返す
1　、
2　合いの手をいれて
1　え
2　こうふにリズミカルな動きしてるから、合いの手を入れて
1　なになに
2　この動きに合いの手を入れて

2 どうやって手で、パンて

1 ……

2 いいよ
　　　──2、合いの手を入れる

1 ──1、動く

2 頭痛いんだけど
　　　──しばらく続く

1 、だめか

2 え、なに、何なの
　　　──1、2になにやら指導しようとするが、あきらめ
　　　あじゃあ
　　　──1、ふたたび動き出す

1 よっ

2 え

1 よっって

2 よっ、、、よっ、、、よっ
　　　──少し続くが1、動きをとめ考え出す

2　よっ、、よっ
1　あ、ちょ、やめて
2　、、、
1　、、どう
2　、、、、、、え何が
1　、、こっちが聞きたいよ
2　、、、

　　　—間—

1　音楽家は音で語り合うんだって
2　なに
1　絵を描いてる人は、絵で語り合うんだって、言葉じゃなくて
2　、、、
1　、、タクシーの運ちゃんは
2　、、、くち、、クラクション、、、運ちゃんはいいの、運ちゃんは運ちゃんでやってる事があるの
1　、、えやってる事って
2　運ちゃんはどうでもいい、運ちゃんじゃないでしょ、運ちゃんなの
1　え、運ちゃんじゃないけど、、、なんなの
2　コミュニケーションを取ろうとしたの

2 取ってるじゃん
1 いいの、だから言葉とかじゃないの
  ——1、そのまま床につっぷし、うごめく
2 ——サザエを見る
1 …、動かないね
2 することがないんじゃない
1 悲しいのかな
2 なんで
1 …、わかんないけど、、何考えてんだろ
2 、わかんないね
  ——1、サザエを金魚鉢にしずめる
  ——ジュースをのむ
2 ちょうだい
1 え、のんじゃった
  ——1、口をもごもごしている
2 どうしたの
1 …、
  ——1、口から貝を吐き出す

2 、貝
1 なんだ
2 また
1 、

2 —2、ジュースの缶を見ている
1 こんなか入ってた
2 え、
  —1、貝を観察する

1 何貝だろう
2 ほんと多いね貝
1 そういう時期なんだろうね
  —1、金魚鉢に貝を入れる、見てる。
  —1、2を見る

2 、食べるよ
1 、
2 食べるよ、それ
1 、ええ
2 食べるでしょ
1 、飼おっか

2 え
1 飼う
2 なんで、駄目だよすぐ死んじゃうじゃん
1 死んじゃうかな
2 死んじゃうよ、もう死に始めてんだから
1 そんな事いったら、生まれたときから死に始めてるでしょ
2 えなに
1 みんな死ぬって事
2 、どうやって飼うの
1 、ペットとして
2 どうやって
1 ここで
2 また金魚みたいにすぐ死んじゃうよ
1 ちゃんと世話するから
2 世話って何すんの
1 、、散歩とか
2 どこを
1 、公園とか

2 めんど臭くてすぐいかなくなるよ
1 じゃあ家ん中
2 やだヌメヌメする
1 しないようにする
2 どうやって
1 あの、、、しつける
2 どうやって
1 食生活を改善して、ヌルヌルが、出ないように、オーガニックな、無農薬のものと
か
2 駄目だよだってペット禁止でしょ、ここ
1 え、でも、アダムとイブは神に禁止されていた、禁断の実を食べてエデンを追放さ
れたんだよ
2 駄目じゃんそれ、駄目っていう話じゃん
1 、、、、、そうだよ
2 え
1 平気だよ、誰も飼ってるなんて思わないよ、食べますっていえば、ああって思うから
2 まあそうだろうけど
1 死んだら食べよう

2　どうせすぐ死ぬよ
1　餌をあげれば死にません
2　餌って
1　糖分
　　——1、立ち上がり裏へ
2　ガムシロあったよね
1　しらない
2　——2、横になる
1　——1、ガムシロップを持ってくる
　　——金魚鉢からサザエを取り出し、ガムシロップをたらす
2　なにしてんの
1　餌付け
2　……、ベトベトになるよ
1　……
2　……、なに
1　あ、ほら、手がベトベトするわ。
　　——1、手をなめる

2　もう
　　——2、ティッシュを渡す

1　甘い
2　その手でなんか触んないでよ
1　え
2　手洗ってきな
　　——1、手を洗いに行く
　　—間—
　　——2、ちょっと寝そう
　　——1の声、奥から聞こえる

1　わ、スゲえな、すげえなこれ、尻尾の先から、、尻尾の先から霧状の毒を出したら、人間も危なかったね
2　え
1　エイ、エイなんだけど
2　なんで
1　ここにエイがいるの
2　なんで
1　多分入ってきちゃったんだと思う

2　ちょっと、こっちこさせないようにしてよ
1　うん、これは飼えないね、危なくて
2　気をつけてね
1　尻尾の先から霧状にして毒をだされたら、気をつけててても無理だけど
2　、何いってんの
1　毒を、尻尾の先から、、圧縮して、アメフラシみたいに、毒を
2　なにアメフラシって、妖怪
1　そういう生き物、雨を降らすみたいに、煙幕をだして、敵から逃げんの、エイが毒をそういうふうに出すの
2　、え、今考えたんでしょ
1　、出せない、、、、出せないんでしょ
2　え
1　よっぽどの事がないと出さない
2　よっぽどのときは出すんだ
1　出すときは出すよ、あの、愛する、愛するものを守るときとか
2　愛するもの死んじゃうじゃん、あと自分
1　なんで
2　毒で

1　あの、なんかこう
　―1、戻ってくる、毒霧から愛するものを守りつつ、自分も吸わないようにする動き

2　愛するもの死ぬよね

1　え

2　それだと、愛するもの死ぬよね、周りじゅう毒で

1　え、じゃどうすりゃいいの

2　出さなきゃいいんじゃん、毒霧

1　あ、自分の毒だから基本的には吸っても平気、だってそうじゃない？、だって自分の毒だもん

2　敵もエイだったら

1　え

2　愛するものも、敵もエイだったら

1　、、、、エイは共食いしないから平気

2　、、、

　　―間―

1　エイって愛とか言うのかな

2　知らない

1 そんな事言うの人間だけじゃない
2 、、、エィに聞いてみたら
1 危ないよ
2 じゃあ、サザエに聞いてみたら
1 こいつ馬鹿だからな
　　―1、サザエを手に取り、上に投げ、受け、上に投げを繰り返す
2 、怖いか、、、怖いか
1 落っことすよ
2 、なんで、みんな毒持たないのかな
1 え何が
2 みんな、全部の動物が毒持ってたら強いのに、象とかも
1 ガゼルとか
2 えなに
1 ガゼルガゼル、トムソンガゼル、鹿みたいの
2 なんで
1 よく、なんかライオンとかに食われてるじゃん
2 そうなの
1 そうジャッカルとかに

1　え、なにそれ、歌手
2　それベッカルじゃん
1　え
2　ベッカル、ベッカルって歌手いなかったっけ、こっから毛みたいの生やしてて、女みたいなメイクしてる感じの
1　聞いたことないよ
2　……いなかったっけ
1　ジャッカルってなに
2　なんか野犬みたいな動物
1　鹿を食べるの
2　うん
1　、毒もってそうだね、名前的に
2　ジャッカルの部分が？
1　ッカル、ッカル、っていう、、
2　哺乳類だよでも、
1　えジャッカル
2　そう、いなくない哺乳類には、毒持ってるの
1　、……、フグは

2 え
1 フグ
2 フグって魚でしょ、毛生えてないじゃん
1 毛生えてない哺乳類だっているよ
2 なに
1 ‥‥‥‥、はげ、‥‥、鯨、鯨とか、‥‥、鯨って哺乳類なんだよ
2 知ってるよ
1 毛ないじゃん
2 毛ないじゃん
1 細かい毛はえてんの、見えない部分に
2 どこ
1 ‥‥‥。やっぱいないでしょ毒もった哺乳類
2 ‥‥、うん私もフグは魚だってすぐに気づいた
1 でもフグは魚だよ、だって、、魚でしょ
2 うそだ
1 裏、裏
2 ‥、なんか忘れてる気するんだよな
1 なに
2 うん、なんか、あのさ、鳥みたいな動物なんだっけ、いるじゃん、鳥みたいな

2　鳥じゃなくて
1　鳥は鳥でしょ、もっと、、もっと、リゾートっぽいところにすんでる、、オーストラリア
2　なに
1　みたいな
2　手がヒレの
1　ペンギン
2　ペンギン毒もってないよ、愛らしいよペンギン
1　、、、、、、、、、ええ、リゾートでしょ
2　あ、リゾート忘れていいや
1　なんだよ
2　海外、海外
1　、、毒もってんの
2　なんかもってた気がするよ、、トゲがあったんだよね
1　トゲあんの
2　そう、なんだっけ
1　トゲに毒あんの
2　あるとすればね
1　身にはないの

1　身
2　肉
1　ああ、どうだろうでも食べるって話聞かないな、あ、あ、カモノハシだ、カモノハシ
2　何それ
1　だから鳥みたい、くちばしとヒレがある鳥みたいな生き物
2　それ鳥じゃん
1　違う、哺乳類。。、よかった
2　よかったね
1　カモノハシね、知ってた
2　知らなかった、初めて聞いたかも
1　あほんと
2　なんか身にも毒ありそうだけどね
1　フグみたいに
2　フグくらいかな身に毒あんの
1　でも毒あんの内臓でしょ
2　そうじゃない
1　意味わかんないな
2　なんで

1 だって死んじゃうじゃん自分も、食われて
2 、復讐だね
1 普通さ、身を守るために毒もつのに
2 でも、毒もってるってみんな知ってたら身を守れるんじゃない
1 知ってんのかな、海の仲間は
2 サメとか
1 うん
2 知らなそうだね
1 でもさ、人間なんてフグが毒だって知ってんのに、みんな食べてるよね
2 フグ意味ねーなー
1 もっと毒を前に出していかないとだめだよ
2 蜂とかはそうじゃない、目立つ色してるじゃん
1 フグ地味だよね、
2 なんか酷いねフグ
1 暗いよね
2 エロくなさそうな格好してんのに、物凄くエロいこと考えてる人みたいだね
1 エロくなさそうな格好って
2 え、ダッフルコートとか

1　フグ
2　……、うん
1　動物もエロいのかな
2　、エロいんじゃない
1　でも、動物って馬鹿だよね
2　え
1　動物全般
2　猿とか賢いって言うじゃん
1　でも、牛みたいのもいるじゃん
2　牛は馬鹿みたいかもな
1　牛、馬鹿だよ
2　うん、でも特別馬鹿って言うわけではないんじゃない
1　え、だって、なんかヨダレたれっぱなしだし、草を何度も嚙んで、飲んで、嚙んでする
んでしょ
2　知らないけど、馬鹿とは関係ないんじゃない
1　だってナイフを突きつけられてもビビんないんだよ
2　そりゃそうでしょ
1　馬鹿だから

2 でも野生の狼は鉄のにおいを嗅ぐと逃げるらしいよ
1 なんで
2 鉄砲だと思うんだって、漫画に描いてあった
1 へー頭いいね
2 狼頭いいよね
1 でも牛は鉄のにおい嗅いでもボーっとしてるでしょ
2 まあしてるだろうね
1 牛は何すればビビるの、わーってわーって後ろから追っかければビビるかね
2 どうだろうね
 ―間―
1 目の前で牛乳飲んでやれば
2 え
1 牛の目の前で、目を見ながら
2 ビビるかな、ビビるか
1 ビビるよ
2 、、、わかるかな、馬鹿だよだって
1 だってさすがに、自分の乳を加工されたりすんだよ、醗酵させられたり、ビフィズス菌を入れられたり、チーズケーキにされて、恋人たちに食われたりすんだよ

1　恋人たちに食われんの屈辱的だな
2　こぼして雑巾でふかれたり
1　え
2　、、、拭くじゃん

　　―間―

1　動物って、、、なんで生きてんだろう、生きてる意味なくない、、楽しいのかな、別に、きれいなもの見てもきれいって思わないし、おいしいとかも思わないんでしょ、でも悲しいとも思わないかもよ
2　、、、、
1　、、、どうだろうね
2　、、、、
1　悲しいとも思わないことって幸せかね
2　、、、
1　楽しくもないかわりに、悲しくもないのって、、、、幸せとも思わないんじゃない
2　、え、うん

1　……眠いの
2　、頭痛いの治った、ちょっと薬が効いてきたかな
1　治るかな
2　、治るでしょ
1　なかなか治んないね
2　、、、、そうだね

―間―

1　寝る
2　、
1　電気消す、
2　うん
1　、消す
2　、消して
1　、
2　、ありがとう

　　―1、電気を消す

1 ――間――

1 、寝たほうが良いよ
2 、、、
1 眠って、体を休めたほうが良いよ
2 、、、うん
1 自然治癒力って、知ってる
2 、、、
1 そういう力があって、よくわかんないんだけど、そのあれで、寝てるとかってに体が、自分で治すんだって、病気とかを
2 、、、
1 だから寝るのは体にいいんだよ
2 、、、
1 、聞いてる
2 、、、うん
1 、だから寝たほうが良いよ
2 、うん

――間――

おやすまなさい

1 ――、テレビをつけ全チャンネル回してみるがどこもやってない
2 ――、ねた
1 ――、寝ちゃった
2 うん
1 寝るとき言って
2 ――、
1 寝る寸前に、声を出して知らせて
2 ――、
1 ねえ
2 ――、
1 ――、――、――、――、
2 ――1、――2、嫌がる
1 ――1、2のおでこに手を置く
2 ――、
1 まだちょっと熱あるね
2 ――、そう、
1 なんか、冷たいもの飲んだほうがいいよ

2　え
1　水分を取ったほうがいいんだよ、そんで汗を出すといいんだよ
2　酸性になっちゃうね
1　うん。あ、お茶がある
　　　―1、お茶をとりに行く
　　　―2、戻ってくる
1　はい
2　―、ありがとう
　　　―2、起き上がる、お茶を飲む
1　ちょうだい
2　、おいしい
1　うつるよ
2　、平気
　　　―1、飲む
　　　―2、もう一度飲もうとしている
2　、1にお茶を渡す
1　、お茶を2にわたし、机の上を探り始める

おやすまなさい

2 え、どうしたん

1 あれ

2 え

　サザエがいない

1 いないって

　—1、電気をつける。机の上を確認し、下もみる

　—机の上にサザエがいない

2 、どっかやった

1 何が

2 ；；

1 やってないよ、やれないでしょ

2 ；；

　—1、床を探す

　—2、一応付き合う

1 逃げちゃったんじゃない

2 なんで

1 え、知らないけど

2、貝を見つける

2　ヘー
1、それは蜘蛛貝、蜘蛛みたいになってるでしょ
これ は

2　ーー
1、　ほら宝貝
　　　ー1、座った布団の下に貝を見つける

2　ーー
　　　ー1、いろんなところから貝を見つける
　　　ー2、いろんなところから貝を見つける
　　　ータンスの奥から、ビデオのケースから、コップの中から
2　みて
1　でかい、みして
2　いいよ
1　ーー、でけえ
2　貝いっぱいだね
1　アメフラシいないかな
　　　ー1、ごろごろと転がる
　　　ー何かを踏む

1　いて
　　　―1、真顔になって、何を踏んだか確かめる

1　なに
2　こんなとこに
1　　―サザエだ

2　隠れてたんかな
1　何このトゲ
2　身を守るあれじゃない
1　身を守るのに必死だね
2　生きてるか死んでるか良くわかんないくせに
1　ねえ、背中なんかなってない
2　、なってない
1　うそ

2　割れた
1　割れてない、いたい

1　、、、

1　、、、。
　　　―1、鏡を取り、自分の背中を見る
　　　ほら―赤くなりそうになってる

2　みして、サザエ
1　、、、、なんで
2　え別に、見比べようかなと思ったん
、
1　食べないよ
2　、、、
1　ほんと食べないよ
2　、やだ
1　、、、
2　、出ておいで
1　聞こえないんじゃない、やっぱなんで
2　耳ないから
1　なんでないの
2　水入っちゃうじゃん
1　、そっか
　　――1、サザエをノックする
2　何してんの

1　信号を送ってるの
2　なに信号って
1　信号、、言葉
2　そんなの通じんの
1　、まって
　　──1、サザエに耳を当てる
2　何か言ってる
1　何かグチュグチュ言ってる、いやグチョグチョいってる
2　どっちでもいいよ
1　グチョグチョ言ってんじゃねえよ
　　──1、「どう？」といった感じで2を見る
2　、、え
1　、、あ、これそうだ
　　──1、コンポの方へ
2　何
1　なんかさ、あれ捨てなかったんだよね
2　何が
　　──1、コンポの近くをごそごそやっている

2 何探してんの
1 え、あれ、、、これこれ
 　　——1、コードを引っ張り出す
2 なにすんの縛るの
1 何を、縛んないよコードだよこれ
2 知ってるけど、何すんの
1 これさ
 　　——1、コードの一端をコンポに挿し、もう一端をサザエの突起の穴に挿す
2 、
1 やっぱな
2 ホントだ
1 あ、ほらぴったり
 　　——1、コンポをいろいろいじる。何やら聞こえる
2 なに
1 、笑ってる
サザエ ウフフフフ、、、マリモって、、
2 、
 　　——1、サザエに向かって

サザエ
1　ねえ、ねえ
　　フフフ、似てるけどゝゝ、なんか、、俺だけゝ、茶色いし、フフゝゝ、そんなトカゲみたいなこといわれてもゝ、フフゝ、ここでこうやれば切れるしゝ、フフゝ、オトカゲのほうがゝゝ、臭いから、、ホントゝ、二倍臭いから、、フ、コモドオ
2　ちょっと、なに笑ってんの
1　、頭おかしいんじゃない
2　中の人がしゃべってんのかな
サザエ　なに中の人って
　　フフフフフ野菜、野菜ってゝゝ、フフ、、野菜じゃないじゃんゝゝ、野菜だったらもっと丸いって、フフ、丸くないのに、、、

1　—間—
　　だめだ、こいつ
2　—1、電源を切る
2　楽しいのかね、不気味だね
　　絶対変質者だこれ、このからを脱いだら全裸だよ
　　そうでしょう、そりゃ
　　—間—
　　—1、ペン先でサザエをいじくる

2 ——ペンに違和感を感じる
1、ペンを分解する
——と、ペン軸から砂がこぼれる。白い細かい砂
——手のひらに砂を出す

2 …
1 …、何してんの
2 …、すな
1 、ホントだ
——1・2、砂を見てる
——1、テーブルの金魚鉢の中に砂を落とす
2 海の砂って貝殻が砕けて出来たんだよ
1 そうなの
2 お父さんが言ってた
1 岩が砕けたんじゃなくて
2 なんで、、どーん
——1、床に倒れこむ
2 、
2 ……、そのままごろごろと転がる
、、、、、時々わかんなくなる

1 え
2 時々何考えてるのかわかんなくなる
1 、ときどき
2 、、、、いつもか
1 わかんないって何が
2 ――1、ごろごろと壁をこえていく
1 、どこ行くの
2 どこも行かないよ
1 雨降ってる
2 降ってない
1 ――1、もどってくる
2 、ここ、どこなの
1 、♪すてきねー、そのワッペン、とってもすてきねー、
2 あーあ
1 ――2、つっぷす
2 すてきなワッペン、、フランスの、、パリの、、、シャンゼリゼーで買ったのよー
1 ――1、ごろごろしている

1 、こういうスポーツ

2 ねえ、こういうスポーツ

1 、え

2 こういう

1 どういう

2 こういう、、主にゴロゴロする、、その美しさを競う

1 、採点が難しいね

2 じゃあ、ゴロゴロして点数を競う

1 、なんの点数

2 、ええ

—間—

1 ここ海

2 海にしては静かだね、波の音もしない

1 、そうだね

2 、、

—間—

1 あ、わかった

2　え
1　ここ、海の底だ
2　海の底
1　うん
2　……そう

1　——2、瞳を閉じ、机に突っ伏している
2　——1、貝をひとつ取り、2のクチビルにつける

1　……、なに
2　——キスした——
1　——1、寝転がる
2　——2、1を一瞥し机に突っ伏す
1　………、どっかいかない
2　………、どこ
1　………、コンビニ
2　なんで
1　コンビニくらいなら出歩いても平気でしょ
2　平気だけど別に……、お腹減ったの
1　……、減ってない

2　何買い行くの
1　なんか、、、人に会いに
2　え
1　人を見に
2　、、、人なんていないよ、海の底だもん
1　―1、指で人型を作り歩かせる

―間―

1　海の底はどこまで行っても海の底だ
2　、、、

―1の人型だんだん早く歩く、次第に走る

1　わー、ほら、わー

―1の人型大勢になり次第に人の形をとどめていない、指が床を這い回る

2　、、、なにそれ
1　わー、、、、、、羊
2　え
1　ひつじ
2　、、
1　羊、、千匹、わー、わー、、、ばさっ、、、ばさっ、ばさっ

——羊千匹、空を飛ぶ

2　ないない羽ない
1　ばさっばさっ、俺らを数えるなー
2　数えないけど
1　、、、
2　二度と数えるなー、ばさっばさっ
1　何がしたいの
2　、、、「さよーならー」、「さよーならー」
1　、、、、、、
2　かえんの
1　「ぼくたちかえるねー」「うん、じゃあ、あれ、さよーならー」「さようならー」
2　、、、、、、何の最終回
1　、うん

　　　——1、座る。ねころぶ
　　　——2、1をみてる

1　なんで寂しいなんて思うのかな
2　えなに
1　なんでそういう機能ついてんのかね
2　、

1 なんか寂しいって思う機能

2 あれじゃないそうしとけば、集まるからじゃない

1 、どういうこと

2 だから寂しかったら、みんなでいるでしょ、そうすれば敵から身を守れるじゃん

1 いっぱいいると強いってこと

2 それもそうだけど、かくりつ的に、いっぱいいたら食われる確率が下がるじゃん単純に

1 、じゃあ羊とかも寂しいと思うのかね

2 思うんじゃない

1 、貝も

2 、貝は、うん、、、思うんじゃない

1 じゃあ、それは死ぬ確率を下げるために一緒にいたいと思うってこと

2 、わかんない

1 別の奴が襲われてるときに自分は逃げようっていう事かね

2 わかんないけど、最初はそうなんじゃない、出発点は

1 なに出発点て

2 え、しらない、適当に答えてんだから

1 そうなの

2 そう

1　適当か
　―1、ねころがる

1　、羊がさ、寂しいと思うんだったら、千匹いたら寂しくないかな
2　、どうだろうね、一匹よりは寂しくないかもね
1　、、、、、そうかな
2　、貝もこんだけいたら、どうかな、でもこの人達、全然打ち解けた感じがしないね、殻から、殻から出れば良いと思わない
1　、―2、立ち上がる

2　、消すよ
1　、―2、電気を消し、布団へ

2　、、、ねるの
1　、―間―

1　、、、アメフラシいないかな、ここ
2　、、、妖怪
1　、だから違うよ、ウミウシの仲間

2、なにそれ
1、海の生き物
2 ふーん
1 敵から逃げるときムラサキの液を出して逃げんの、それが雨みたいだからアメフラシ
2 ムラサキ好きだね
1 別に好きじゃないよ
2 、
1 ムラサキ好きなの自分でしょ
2 え
1 ムラサキが好きって言ったじゃん
2 、いつ
1 むかし
2 、そうだっけ
1 そうだよ
2 、、ムラサキ好きなんて言ったっけ
1 言った
2 、、、、、そう

　―間―

2　おやすみなさい、、
1　、、他の人間が全部死んでたらどうしよう、もしそうでもわからないね
2　、、、
1　、、、え、、、おやすみ
2　、、、、おやすみなさい
1　、、、、
2　寝ちゃうの
1　、、手貸して
2　え
1　手
2　、、何すんの
1　　　持ってるだけ
　　　―1、手を差し出す
　　　　2、にぎる
2　、、おやすみ
1　、、、、、、、おやす、ま、ない、さい
2　、、、寝て欲しくないときのあいさつ考えてみたん、

1 おやすまなさい

2 ……、ねえ

1 ……、

2 ……、……、

―幕―

キャベツの類

登場人物

男／頭から記憶を取り出してしまっている。
女／男の妻。頭の中に青虫が住み着いており、記憶が虫食い状態である。
兄／ダンスを習っている。
妹／棺おけから産まれる。
先生／ダンスの先生。男と女とは知り合い。
神／名前をお呼びするのも憚られる存在。
店員／居酒屋の店員。

場所

どこかわからない場所。どこでもあり、どこでもない。ブランコが二台ある。

舞台

天井から白い紐につられたブランコが二台ある。
舞台上手そでに棺おけのような無骨な箱がある。黒い布がかかっている。目立た

本文中の特殊な表記に関して

☆文中（　）内のセリフは発話しない。省略された言葉を便宜上示したものである。

☆文中二段に分けて書かれているセリフは上段下段同時に発話される。下段の発話者を 網かけ にしたのは、見やすくするためである。

☆文中の「？」は、必要と思われる所、肯定文とも疑問文とも取れる所に、主につけた。疑問文すべてに必ずしも「？」がついているわけではない。この処置は上演時に、演出家、役者への束縛を出来るだけ少なくするという意志のもと行った。

☆文中「、、、」のように読点が連続する所が見られるが、これは発話者の発話しようとする意志が切れていないにもかかわらず、発話がない時間を示す。その時間の永さは読点の数が多いほど永いが、「、、、」が「、」の二倍の時間というわけ

ではない。あくまでも感覚的なものである。

☆文中ほとのセリフの末尾は「。」で区切られていない。稀に使われる「。」は、ある話題をそれで終わりにし、同じ発話の中で次の話題に移る時に用いられる。もしくは、発話の対象がA→BからA→Cへと、同じ発話の中で移り変わる時に用いられる。またセリフを強く区切るときにも用いられる。

☆文中、発話者の名前が、男声 のように表記され、□で囲まれている場合、その発話者は観客からは見えず、その声だけ聞き取れる事を示す。

☆衣装に関しては特に表記の必要を感じたものだけ、ト書きに記した。

☆文中、セリフ内に「 」が登場する場合は発話中の人物が、別の人間を演じている場合を示す。

☆セリフ中、漢字・ひらがなの表記が統一されていない場合があるが、論理的に発話している所は漢字、ゆっくり発話している所はひらがな、など、作者の感覚で判断し表記した。特に細かい規定を設けているわけではない。また特に上演に

際して参考にしてくれてもしてくれなくてもかまわない。

―どこかわからない場所
　―ブランコが二台ある
　―上手そでに棺おけのような箱が置いてある。黒い布で覆われている
　―男、ブランコに座っている。キャベツをひざに抱いている
　―先生、男の隣のブランコに座っている
　―男・先生の前で、兄、踊っている
　―先生、兄を睨むように見ている

先生　ノン

　―兄、先生の声が聞こえないのか、踊り続けている

先生　ノン

　―兄、先生の声に気付き、踊りをやめる。荒い息、先生を見る

先生、あなたのダンスからはちっとも喜びを感じません

兄、、、ノン、、、

先生、あご先で兄に、もう一度、と促す

—先生、少し泣きそうになるのをこらえてもう一度踊り始める

—男、目の前の光景におびえている様子

兄、ストップ、、ノン。、ストップ

先生、なんですその顔は

兄、

先生、その顔はなんです?

兄、すいません

先生、は?

兄、

先生、謝る必要はなくてよ

兄、

先生、あなた誰のために踊ってるの、、、自分自身のためでしょ、誰の為でもない、まして私の為なんかじゃない、あなた自身のためでしょ

兄、はい

先生　わかってるの？
兄　はい
先生　なら笑いなさい
兄　はい
先生　、もう一度
兄　はい

　　　―兄、踊ろうとするが、泣きそうな顔になってしまう、無理矢理笑おうとするが、どうしても泣きそうになってしまう

先生　ノン
兄　あ、待って、待ってください
　　　―先生、きびすを返し、帰ろうとする
先生　立ち止まり
兄　あなたには失望しました
　　　―先生、出て行く
兄　まってくださいやれます、先生、先生、、、
　　　―兄、崩れたまま、唇をかみ締めている男の視線に気付き、立ち上がり涙を拭いて、ボーっと見ている男を睨みつけ

兄　見せもんじゃねえぞ

　　　―兄、男にしばらく視線を残し、振り切るようにして退場

男　え？　え？

　　　―男、ゆっくり立ち上がり、兄が去った方を見に行く

　　　―戻ってくる、手に持ったキャベツを不思議そうに見ている

　　　―男、あたりを見回す、誰もいない

　　　おーい、おかーさーん、おかーさーん

　　　―間―

　　　―男、静寂に恐れをなし泣き出す。赤子のような泣き方

　　　―女、上手より走って登場

女　どうしたの？

男　ああ、ああ、

　　　―女、男を抱きしめる

　　　―男、泣きじゃくる

　　　―女、男の背を優しくなぜる

　　　―男、少し落ち着きを取り戻す

女　僕、今生まれたばっかかなんです、それで、、、、急にダンスを見せられて、、、、怖かったのね

男、いいえ、、、
女、あなたが僕のお母さんですか？
男、あなたは別に生まれたばっかりってわけじゃないんですよ
女、もう大丈夫ですよ
男、ええ、、、

　　—女、少し困って

女、あなた、記憶を取り出しちゃったのよ、そこにほらお持ちになってる
男、違うの、あなた記憶を全部取り出しちゃったもんだから
女、違う、いや、生まれたばっかなんです
男、ええ、それがほらあの、あなたの記憶です
女、、これが
男、—男、キャベツを持ち上げ、これですか？　と女をみる
女、そう
男、え、でも、僕生まれたばっかりなんです、だって、、生まれたばっかなんです
女、違いますよだって私たち夫婦ですもの

男 ……、ええ？　なんで
女 そうなんですよ
男 夫婦？
女 そうですよ、しっかりして
男 ……、なんで、何も覚えてないんですか
女 だから、記憶を出しちゃったからですよ
男 ……、
女 さあ、少し落ち着いて
　　――女、男をブランコに座らせる
　　男の隣りのブランコに座る
　　――男、自分が置かれた立場をまだ把握できていない
　　――女、男の背中を撫でてあげる
　　棺おけのような箱が大きな音をたてる
　　――男、びっくりする、女を見る
女 大丈夫、大丈夫、元気な証拠よ
男 元気？
女 ええ、もうすぐ生まれるわね
男 、生まれる、……、何がです？

女　子供です
男　、、子供
女　ええ、私たちの赤ちゃん
男　赤ちゃん、、なんで
女　夫婦だからよ
男　こわい？
女　こわくないですよ
男　、赤ちゃんはどこから来るんですか？
女　あそこから出てくるのよ
　　　―女、箱を指す
男　いつ出てくるんです？
女　そんなすぐには出て来ないですよ
男　何でです？
女　永い旅をしてくるの
男　旅を
女　ええ、魚になって深海を旅して、鳥になって海を渡って、獣になって山を越えてくるんです

男　赤ちゃんが
女　ええ、赤ちゃんがです
男　生まれてくるのって案外大変ですね
女　そうですよ
男　急に飛び出したりしませんか
女　離れていれば平気です
男　襲ってきませんか？
女　大丈夫ですよ、最初は獣ですけど、何もしなければ襲ってきませんから
男　はあ、、、
　　　　　──箱が大きな音をたてる、手が出てくる
男　、、、
　　　　　──男、びっくりする
　　　　　──もうすぐ生まれるわ
女　、、、
　　　　　──箱ゆれる、中から何かが必死に出ようとしている
　　　　　──箱から妹の顔が出てくる、箱のふたを力いっぱい持ち上げて、ズルズルと上半身を露出させる。腕を踏ん張って箱から下半身を引き抜く。妹、登場。白い柔らかいトレーナーの上下を着ている
　　　　　──妹、荒い息を吐く。それでも必死に立ち上がろうとする

男　わ、(すごいなあ)
女　、、うまれたわ
　　　——妹、立ち上がる。まだヒザがガクガクと安定しない
男　赤ちゃん？
女　ええ
妹　、、
男　怖くないでしょ
女　怖くないですね（可愛いですね）
男　、おいで
女　しっ、無視してれば良いのよ
男　え
　　　——男、妹を観察する
女　無視してれば良いんです
男　なんですか？　こわい
　　　——妹、男・女に興味を示す
　　　　警戒をしながら、二人に触る
女　、、、
　　　——妹、男のキャベツに触れ、奪おうとする

妹、あ、シッ、シッ（向こうへ行きなさい）

女、シッ、シャー

　　——妹、ひるみ、いったん男・女から離れる、様子を窺い再びそろそろとキャベツに近づく

女、——女、両手をあげ体を大きく見せて妹を威嚇する

妹、ハイッ、ハイッ、シッ、シッ（あっちへ行きなさい）

女、大きな声で脅しながら妹を追い払う

　　——女、やれやれと言った面持ちでブランコにもどる

男、（なんでそんな事をするんですか？）

女、あれはまだ、獣ですから

男、赤ちゃんじゃないんですか

女、赤ちゃんの頃はまだ獣なんです、そこから色々覚えて人間になるんですよ

　　——女、ブランコに座る

男、そのうち人間になりますよ

女、僕はお父さんなんですか

男、そうですよ

男　――妹、低い姿勢で、遠くから二人を見ている
　　お父さんだよ
妹　シャー
男　――妹、立ち上がり、両手を広げ男を威嚇する
女　シャー
　　――男、驚いて女にすがりつく
男　――女、両手をあげ威嚇し妹を追い払う
　　――妹、上手に退場
女　、、、どこに行っちゃったんです？
男　さあ？　仲間の下へ行ったんじゃないでしょうか？
女　仲間？　、僕達は？
男　え
女　僕達は仲間じゃないんですか？
男　私たちは家族ですからね
女　、どこです？　仲間の所って
男　さあ
女　知らないんですか？

女　私、頭に虫がいるんです
男　、、え
女　頭に、あたまの中に、虫が
男　虫ですか
女　ええ、青虫だと思うんですが
男　飼ってるんですか？
女　まさか、勝手に住み着いてるんです
男　見せてください
女　　──男、女の頭の中を覗こうとする
女　、、無理ですよ、頭の中にいるんだもん
男　、、
女　それがどんどん私の記憶を食べていってしまうんです、だからちょっと
男　え
女　だからちょっと記憶が、ないわけではないんですが、適当というか、大体なんです
男　、、可哀そう
女　つらいですわ、とても、、、でもそのつらい部分もたまに食べるんです、見境ないんでしょうね
男　食べるって言うと

女　そのまんまですわ、食べるんです、記憶を
男　、じゃあ、そのうち無くなっちゃうんですか
女　ええ、あの、、、記憶を食べられて、記憶に穴が開きますでしょ
男　、ええ
女　そうね、、、ほら、怪我をして皮膚が破けると新しい皮膚が出来て穴をふさぐでしょ
男　ちょっと、、、（わからないです）
女　そうすると私はその記憶に開いた穴を埋めていくんです、、わかりますか
男　ええああ
女　ソレと同じです、わかりますか
男　ソレはなんとなくわかりますけど、どういう意味っていうか、どういう、、
女　その、だから、あった記憶が食べられちゃって、例えば、例えば
男　はい
女　あなたとの記憶が私の中にありますでしょ、夫婦だったとか
男　ええ
女　ソレを食べられちゃったら、あの全部食べられちゃったら、さすがに無理ですけど
男　、
女　あの、さすがに復元できないですけど、普通ちょっと残るんですよ、あなたの記憶が、ほら、いろんなところに散らばってるもんでしょ、そういう記憶って

キャベツの類　193

男　僕にはあまりわかりませんけど

女　ええ、ええ、ですからその、残った記憶から推測して、食べられちゃった部分を復元さ
せるんです

男　じゃあ、いいじゃないですか

女　ええ。でも、それはやっぱり生の記憶とは違っていますから

男　生？

女　ええ、生、ああ、そうね、、最初の記憶を今、生って表現したんですわ、出来事を記憶
にした時点で生ではなくなってしまうでしょうけど、それでも最初の記憶は生に近いは
ずですからね

男　ええ、まあ、ちょっと良くわからないですけど

女　、わからない？

男　僕にはまだ記憶っていうのが殆どないですから、

女　、そうね、そうだったね、、、

男　色々不便ですね、それに凄く怖いんですよ、自分がすり変わっていくというか、どんどん違うも
のになっていくようで記憶が摩り替わっていって、私が私ではなくなっていくようで、、
わかりますか

男　、わかりません

―男、ブランコをゆっくり漕ぐ

女　昨日の自分が本当に自分だったかわからなくなるんですよ
男　僕には昨日がありませんから
女　そっちの方がいいですよ
男　はあ
女　そのうち私より、虫の方が私になっちゃうかも知れない
男　虫が、私、？
女　私、虫を殺したいんです
男　、、、
女　本当のことだけ覚えていたいんです
男　本当のことって何です？
女　、、、今、目の前で起こってることですわ
男　、よくわからないです、僕には
　　　　―間―
女　え
男　なんか出来ないですか
女　よくわからないですけど、僕に
男　ありがとう

男　　　——女、少し微笑む

男　　　——女、突然地面を踏みつけ始める

女　　　どうしたんですか？

男　　　あ、ごめんなさい、アリがいただけです

女　　　なんで踏んだんですか

男　　　さあ、何でかしら、腹が立ったのかな

女　　　……

男　　　——男・女、アリをみる

女　　　死にました

男　　　え

　　　　アリ

兄　　　……

妹　　　……

　　　　——兄・妹、上手より登場

男　　　、あ、赤ちゃん

　　　　——男、妹を指差す

兄 　——妹、腹から血を出している
妹 　うーん
兄 　待ってろ　すぐ戻る

　——兄、妹を寝かせ上手に退場
　——妹、苦しみうなり声をあげている

女 　そうね
男 　、なんだろう、大丈夫かな、、、まだ生まれたばっかりなのに
女 　、、、色々あったのね
男 　、血が出てますよ、ケンカかな
女 　撃たれたみたいですけど
男 　え？
女 　ほら、お腹を押さえてますでしょ
男 　ああ、撃たれたって言うと銃かなんかで
女 　ええ
男 　さっきの男性が撃ったんですかね
女 　そうは見えませんでしたけど
男 　僕、さっきの男性知ってるんです
女 　あら、お知り合い

男　いや、知り合いって程じゃ（ないんですが）

女　彼がダンスしているところが僕の最初の記憶なんです

男　あらすてきね

妹　うーんうーん

妹　　——男、妹をみる

男　うーんうーん

女　手当てしなくて平気でしょうか？

男　、、、ええ、そうね、、、

　　——女、何か持っていないか、ポケットを探り始める

　　——男、女を真似て、ポケットを探る

　　——男のポケットからパンが出てくる

女　あ、パンだ

男　パンだ

女　やったパンだ

男　——男、パンをかじる。おいしそうな顔

女　食べます？

男　はい

男　―男、パンを千切って女に渡す
女　―女、パンをかじる。おいしそうな顔
　　生まれて初めて食べたてじゃないのよ
女　、はぁ
男　あ
　　―男、パンを千切って、妹に投げる
　　―妹、パンをチラリと見て無視する
兄　おい大丈夫か
　　―兄、パンを回収
妹　痛いよ、腹が痛いよ
兄　待ってろ
　　―兄、上手より登場
　　―兄、手を空にかざし、それから妹の腹にかざす
　　　兄の表情険しくなる
　　　妹の表情和らぐ
男　あれは何を
女　…さあ

妹、兄ちゃんは、、、エスパー、なんだ
兄　——妹、男・女に誇らしげに言う
妹、、、
兄　おい、しゃべるな、傷が開くぞ
妹、、、
女　兄ちゃん？、、え、じゃあ
男、、
女　私たちの娘の、兄ってことは
男　私たちの息子ってことになるわね
兄　——女、半信半疑で呟く
男、。あの、あの、すいません
兄　黙っててくれ
男、、
兄　——兄、妹の腹を見る。そして空を見上げる
兄　月の力だけじゃ駄目か
兄　——兄、あたりを見回す、男のキャベツをみて目がとまる
男、
男、（なんでこっちを見るんですか？）
兄、
男、すまない、そのキャベツを一枚分けてもらえないか
え

兄 、、さっきの事は謝る

男 え、なに（さっきの事って？）

兄 変な事言って悪かった、、、レッスン中で気が立ってたんだ

男 ああ、、、あの（事か）

兄 頼む

男 、

女 　　　―男、判断つきかねて女を見る

兄 でも、これは彼の記憶ですから、そう簡単にわたす事は出来ないわ

女 あんたは黙っててくれないか、俺はこの人と話してるんだ

兄 頼む、一枚でいいんだ

男 え、でも

兄 頼む

妹 　　　―兄、土下座する

兄 兄ちゃん、あたい元気になったよ、だから、、

男 　　　―妹、半死の様子で健気に言う

兄 お前（なんて子だ）

兄、 頼む

男、 —男、女を見る

女、

兄、 —わかった

男、 —兄、リズムをとり出す、踊り始める

女、 —男、少し逃げる

男、 —兄、立ち上がる

男、 —男、女をみる

、、、、、、なにを、、？

—兄、男の目をみながら一心不乱に踊る

兄、 —妹、よろけるがそれでも踊る

兄、 —妹、兄の姿をみてゆっくり立ち上がる

兄、 —妹、妹の方を見る

—兄・妹、目を合わせる

男　　　——妹、腹から血をだしながらも踊る
男　　、、、
妹　　、、、
男　　あれ、、大丈夫でしょうか？（血が出てるのに）
女　　子供たちも必死なのよ
男　　、いや、必死でしょうけど
妹　　——兄、倒れる。ヒザをやってしまったようだ
兄　　兄ちゃん（大丈夫？）
兄　　、俺たちには、ダンスしかないから
男　　、
男　　、ああ、マイライフ、ああ
兄　　ダンス・イズマイライフ
男　　ノーダンス、、ノーミュージック
兄　　、、、
男　　、、、
　　　——男、女を見る
　　　——女、うたれたように兄を見ている
　　　——先生、上手そでのところから、兄・妹を見ていた。上手より登場
先生　そう、それよ、あなたに足りなかったのはそれよ

兄　、先生（いつからそこに）
　　　—皆、先生をみる
　　　—先生、中央に躍り出る
兄　　何をぼさっとしてるの
先生　もう一度よ
兄　　はい。おい（踊れるか？）
妹　　いつでもいけるよ
　　　—兄・妹、踊り始める
男　；
　　　—間—
先生　まだまだね
兄　　；
妹　　；
　　　—兄・妹、最後まで踊る。ポーズを決める。先生を見る
先生　—兄・妹、落胆を露にする
　　　でも、あなた達にしたら上出来だわ
　　　—兄・妹、表情がぱっと明るくなる

先生　さ、ぼやぼやしてる暇はなくてよ、お客さんがいらっしゃるから飲み会の準備をなさい

兄　はい

妹　はい

先生　―兄・妹、意気揚揚と下手にはける

男　―先生、笑顔で兄・妹を見送り、一つため息をつく

先生　時々怖くなりますわ

男　―男、女を見る

先生　―先生、返事がないのを不審に思い男をみる

男　、いつかあの子達に追い抜かれるんじゃないかって

先生　、ええ、

男　あら、あなたほどの人でもそうなの

先生　いや僕は

男　そうよね

先生　ええ。、、、？

男　？

先生　大変ねこういう人と一緒にいるのも

女、そうじゃなくて？
先生、ええ、そうですわね
女―男・女、ともに先生の話が飲み込めていない
先生、、あれ、あの
男ええ、
先生え？（それは本気でおっしゃってるの）
男あなたは僕達の事を知ってるんですか
先生、、そりゃ知ってますけど
女あごめんなさい、この人、記憶をちょっと出しちゃって
先生え？
女記憶を取り出しちゃって
先生あらやだ、大変じゃない
女―先生、ここでやっと納得がいく
先生そうなのよ
女どうすんの？ 大丈夫なの？
先生さあ、私もほら、頭に虫がいるから

先生　え、なにソレ？
女　ほら、頭に虫がわいたの、だから記憶が適当になっちゃって
先生　、、、え？　じゃあ、あんま知らないの、ちょ、ごめん頭に虫がわいたとかよくわんないんだけど
女　何が？
先生　いや、なんか、なんで記憶を出しちゃったのかとか
女　うーん
男　なんでなんですか？
女　え、うん、、あんま、あんま覚えてない
先生　やあねえ
女　いやあのさ、なんか私のせいかも
先生　え？
女　あいや、わかんないんだけど
先生　何が？
女　いや、彼が、記憶を出しちゃった理由
男　えどういうことです？
女　ちょっとまって、、、いやさ、あなたが手術を受けた時、、、なーにしてたっけ？
男　手術って

女　だから、記憶だすのに手術が必要でしょ
先生　あ、手術で出すんだ
女　そうそう
先生　へー
男　あれ、なんか、あの、、、みんなで車でどっかいった時はいつだったっけ
女　ごめん覚えてないけど
男　そうよね、
女　、うん
男　なんか、、、温泉みたいなとこに行って、行ったじゃない？　ほら、雨が降っててずっと部屋でテレビ見たりしてたのはあれはいつだったっけ
女　え？　え？
男　でも、いくら雨が降ってたからって、せっかく旅行に行ったんだったらやっぱ、散歩の一つでもしたんじゃなくて
女　、、確かに、ずっと部屋でテレビって言うのも、、、どうだろう？
男　散歩くらいには行ったんじゃない、だって、温泉っていっても、温泉に入ってる時間は精々一時間くらいでしょ
先生　でも、ゆっくり半身浴すれば二時間くらいもちますよ
男　半身浴？

先生　半分だけ温泉に入る入り方ですわ
男　　、半分だけ？、、どうやって、難しいですよ
先生　いや、いやいや（まあいいです、あの説明すんの面倒だしあんまり話と関係ないから）
　　　まって、散歩に行ったわ、
女　　どこに？
先生　、、、犬がいた
男　　犬？
女　　黒いやせ犬
先生　犬の散歩？
女　　違う、私たちの散歩に犬がついてきた
男　　マークされてたの？
女　　そう、私たち犬に追われてたの
男　　なんで
女　　なんでだろう？
先生　おいしそうな匂いがしてたんじゃなくて
女　　おいしそうな匂い？　私たちから？
先生　焼肉みたいな匂い

キャベツの類

女 ロースみたいな？

先生 いえ、ロースじゃないわ、、そう、カルビみたいな

女 ああ、確かに、なんか、服とか、髪の毛とか、指とかカルビ臭かった、、

先生 じゃあ、それよ、きっとそれで犬に追われてたのよ

女 そうだ、そうだそれで、あんまり怖かったからセーターを脱いで投げたら

先生 セーター？

女 そう、安かったからいいかと思って

男 それで

女 そう、それで、セーターが一番焼肉臭かったからソレを投げたら、犬はそっちに行って、それで、、、

男 それで？

女 それで、、犬はアメリカ人に撃たれて死んだ

先生 酷い話ね

女 ええ、銃を試していたところだったのよ、アメリカ人も別に悪気で撃ったわけじゃなくて、なんとなく私が襲われてるのかと思ってたみたいで、それで、どうも、私がセーターを脱いだくらいで、これやばいんじゃないか、と思ったみたいで、それで、、撃ったみたい

先生　なんでそんな、アメリカ人の考えを知ってるの？
女　そのあと、二人でコーヒーを飲みに行ったの
先生　ああ、その時きいたのね
女　ええ、青い目をしたすてきな青年だったわ
先生　——女、夢を見るような表情
　　　そう、、
　　　——先生、女に共感している
　　　—間—
男　あれ、俺は？
女　え？
男　俺どうしたの？
先生　ああ
男　あれ？　あなたどうしてたのよ？
女　知らないよ、犬が出てきた辺りから、なんか、俺の話が出てこなくなったよ
男　、、、、あなた温泉行った？
女　わからないよ
男　、、、、ごめんなさい、、、、違う人と行ったのかも
女　、、、、ええ、、、

先生　——先生、軽くステップを踏んで美しくなっていくものよ
女は、秘密をまとって男の前に躍り出て
男　ええ、でもなあ、、、そのアメリカ人とはどうなの？　まだ続いてるの
女　アメリカ人？　ああ、たまに会ってるけど
男　もう会わないでくれ
女　ええ、なんで
男　だって、夫婦なんでしょ
女　なんで夫婦だと、アメリカ人に会ってはいけないの？
先生　、、、え、でも、え、そうですよね？
男　さあ、私は夫婦の事はわからないわ
兄　——兄、下手から登場、伏せる
　　——兄、男・女・先生を見て大きな声で言う
　　——伏せろ
　　——男・女・先生、兄のただならぬ様子におびえ、慌てて伏せる
　　——間——
兄　——兄、立ち上がる
　　あ、間違いだった

　　　　―兄、バツが悪そうな表情で言う、苦笑いでごまかそうとする、え？(あなたそれで許されると思って？)

先生　すいません間違えました
兄　　何と何を間違えたの？
先生　、、、
兄　　何と何を間違えたの？
先生　すいません、質問なんでしたっけ？
兄　　、、、妹が聞きたいのは言い訳じゃなくてよ
先生　、、、私が聞きたいのは妹が何者かに狙われてるんです
兄　　何を間違えたの？
先生　、、、えっと
兄　　もういいじゃないですか
先生　あなたは黙っていて頂戴、あなたには関係ないことだわ
女　　でも
先生　私の教育に口出さないでもらえますか？
女　　私はこの子の母親よ
兄　　、、、そうなんですか？
女　　ええ、、、
男　　私が父親だよ

　　　　―兄、驚きと喜びが入り混じった表情

兄　、、、
　　　—兄、男を睨みつけて聞いたわ
先生　そんな事はじめて聞いたわ
女　私だってさっきはじめて聞いたわ
先生　え、なに、どういうこと？
女　だから、さっきまで知らなかったの
先生　え、じゃあ覚えてないの
女　何が
先生　え、どう、どうやって産んだとか
女　ええ、覚えてるよ、なんか、こうやって、、
　　　—女、両手であやふやな形を作る
先生　え、え、どうやって？
女　えなんか、右の方から熱が出てきてソレを上手い事こう、こっちに当ててこっちを柔らかくしといて、こっちの人が目を離した隙に、こう、、、、、、そしたらこっちからトロンってなんか
先生　、そうやって産むの？
　　　—女、何かをバッとひっくり返し、そこから何かがトロンと出てくるジェスチャーをし、兄を指差す

女 そう、多分そう、そんで、あの辺から出てきた
先生 え、誰が誰が？ 何が？
女 この子が
先生 、、
兄 、、、ほんとに？
先生 、、、
女 そんなのわからないわよ
兄 母さん
女 なんですか
兄 父さんもいるぞ、、
男 、、、呼んでみただけです、、
兄 、、、
先生 ――兄、男を睨みつける
 あなた、飲み会の準備はどうしたの？
 ――先生、ハッとなり言う
兄 え？
先生 飲み会ですよ、妹一人でやらせてるんじゃないでしょうね
兄 ええ、もう終わりましたよ
先生 お客様にご無礼があったら大変よ、もう一度確認していらっしゃい

兄　ええ（大丈夫なのに）
先生　早く（行きなさい）
兄　、
　　　　—兄、下手に退場
先生　全く（口答えが多くなったわ）
女　お客様って？
先生　あの方よ
女　、
男　誰です？
女　、さあ、
先生　あの方ですよ（ふざけてらっしゃるの？）
女　誰だったかしら
先生　お名前をお呼びするのもはばかられる方よ
女　凄く偉い人みたいよ
男　すごく、
先生　しっかりしてくださいね
男　怖くないですか？

先生　怖いですよ、物凄い力を持ってる方ですから

男　、、、

　　　——男、恐ろしくなり縮こまる

女　、、大丈夫よ

　　　——女、優しく男を抱きしめる

男　その人は虫を殺せますか

先生　え？

男　頭の虫を

先生　さあ、やろうと思えば出来るんじゃないですか

男　じゃあ（頭の虫を殺してもらえますね

　　　——裂きイカが、上からばらばら落ちてくる

女　、、、

先生　、、

男　わあなんだ

先生　サキイカ、、、。

　　　——先生、落ちてきたものを拾い凝視して言う。裂きイカを頬張る

先生　危ない。早く食べて、はやく

　　　——男・女、慌ててブランコから降り、裂きイカを口にする

──男、これでいいのか？　と女・先生をみる
　　　もっと美味しそうに、、、もっと
　　　──女・男、美味しそうに裂きイカを頰張る
　　　──神、上手から登場
　　　──先生、土下座で迎える

先生　──男・女、先生を真似て土下座する
神　　どう？　おいしい？
先生　はい、大変美味しいです
　　　──先生、男・女に促す
神　　そっちは？　美味しくないの？
女　　、え、美味しいです
男　　はい。はい。美味しいです
神　　あ、そう、それ、うちの犬の餌
先生　──神、笑いながら近づいてくる
男　　なんですか？
先生　しっ、ご無礼のないように、わかってるわね
男　　あ、え、
　　　──男、女を見る

女　：っ

男　：——男・女・先生、ひれ伏している

神　：来ちゃった

先生：あ、はい、いらっしゃい

神　：どう、やってる?

先生：はい

神　：またー、調子いいんだから

——先生、媚びて笑う

神　：何がおかしいんだ?

先生：え?

神　：なに笑ってんの? 俺のこと笑ってんの

先生：いや、全然、、すいません

神　：いい加減にしろよ

先生：はい

神　：——神、ブランコに座る

先生：あ。おい(飲み会の準備はまだか)

神　：腹減ったな

神　―先生、様子を見に下手側に走る
　　―兄・妹、下手より登場。パンを運んでくる。神に渡す
　　お、元気か？
兄　あはい
妹　はい
神　ほら
　　―神、ポケットから千円札をだし、床に投げる
兄　あ
先生　お礼は（どうしたの？）
兄　あ、ありがとうございます
神　ああいいよ、座んなさい
兄　あ、はい
　　―兄、座る
神　―兄、千円札を拾いポケットに入れる
兄　―妹、手で血を拭きながら座る
　　―神、パンを千切ってこねる
神　ほらこれ熊
　　―神、パンで熊を作り床に投げる

先生　ありがとうございます
　　　　——先生、拾う
神　　鹿ね、これ、ここのところが
　　　　——神、パンで鹿を作り床に投げる
兄　　ありがとうございます
　　　　——兄、拾う
神　　あとこれ、これは、、魚
　　　　——神、パンで魚を作り床に投げる
妹　　ありがとうございます
　　　　——妹、腹を押さえながら拾う
神　　これ毬藻
　　　　——神、パンを手でギュッとつぶして投げる
女　　ありがとうございます
　　　　——女、パンを拾う
神　　これなんかこういう虫
　　　　——神、パンを千切って投げる
男　　ありがとうございます
　　　　——男、パンを拾う

神　食え

神　　皆、パンを食いだす

兄　　―妹、どっと倒れる

先生　おい、おい（起きろ、怒られるぞ）

兄　　起きなさい、食べるのよ

先生　―妹、ゆっくり起き上がる

神　　なんかつまみねえの？

先生　あ、はい、メニュー、、？（でよかったですか？）、、、（ですよね）すいませーん、メニュー

|店員声|　ただいま（おもちします）

―間―

神　　―先生、下手に向かって叫ぶ

兄　　―パンを嚙む、クチャクチャという音

神　　お前まだあれ、あれやってんの、、、タンス、あダンスか

兄　　あはいやってます

先生　やめちゃえよ

兄　　え、あ、、、

神 　―先生、兄と神の会話を聞いていたが、店員が来るのを待っているという仕草で聞いていない振りをする

兄 　はい

神 　だってさ、こないだ観にいったじゃん、俺、お前のやつ

兄 　いや、あれは

神 　あれさ、なんか、どっかでみたことあるようなダンスだったじゃん？

兄 　ねえ、ねえ、お父さんもそう思いますよね

男 　え？　え？

神 　こないだの、ねえ

男 　あ、そうですね

神 　あなたに何がわかるんだ

兄 　うん？

神 　あ、いや、父に（言ったんです）

兄 　―店員、下手より登場

店員 　あそう

店員 　メニューお持ちしました

　　　　―神、受け取る、皆に見えるように広げる

　　　　お決まりになりましたらこちらのブザーの方、お押しください

先生　あ、はい

　　　　──店員、下手に退場

神　　おう、どうする、みんな腹減ってんの？
先生　いえ、それほどでも
神　　飯で言えば何杯くらい
女　　え？
神　　飯で言えば
女　　飯で言えば、二杯くらい
神　　結構減ってんじゃん
女　　ああそうですね

　　　　──間──

先生　なんか、お腹にたまる系とサラダかなんかにしますか
神　　サラダ？
先生　あ、いや、なんか、ヘルシーかなって
神　　お前ヘルスのことなんて考えてたなよ
先生　え、ヘルス、あそうすね、考えません
神　　食いたいもんだけ食ってりゃいいんだよ
先生　はい

男　大丈夫？

妹　——神、荒い息をしている。腹から血がドクドク出ている

兄　——神、メニューをみる

神　…

妹　…

兄　…

神　…

兄　何どうしたん？　どうしたん？

神　——神、ブランコに乗ったまま兄・妹に近づいてくる

兄　え、なんか、撃たれた

神　誰に？

兄　え、知らない

先生　ちょっと、ため口、ため口（になってるよ）

兄　え、なんすか？

神　…

先生　ため口、、駄目。えへへへ

神　…

兄　…

神　、、知らない、す

兄　あ、そう

神　はい、、

妹　兄ちゃん

兄　あ？

妹　あたい帰りたい

兄　我慢しろ

　　　——兄、神を一瞥し言う

神　、、、、、

神　　——間——

神　じゃあ、なんか適当に頼んじゃうか
　　　——神、空気を読んで盛り上げようと大声で言う

先生　はい、おまかせします、えへへ、ね

男　はい　はい

神　はいじゃてきとうに、、、、。すいませーん、すいませーん
　　　——神、下手に向かって叫ぶ

先生　あの、あの

神　ちょっと！

先生　あの
　　　——神、下手に叫ぶ

神　なんだよ（さっきから

先生　ブザー、
神　うん？
先生　ブザー押すと
神　ブザー押すと、なんだよ、はっきり言えよ
先生　ブザー押すと、来ます、あの、店員
神　じゃ、押せよ
先生　あ、すいません、あ、、えへへへ
　　　——先生、ブザーを押す。遠くでピンポーンと鳴る
　　　—間—
妹　兄ちゃん、腹が痛いよ
兄　、我慢しろ
妹　、、兄ちゃん、横になっていい
兄　え、あ、、ん、じゃいいよ
　　　——妹、横たわる、足が神の方へ
神　嫌な顔をする
先生、慌てる
　　　——男、横になった妹を見て寝っころがろうとする
先生　おい、おい（何やってんの）

兄　はい？

先生　ぎゃく、ぎゃく、妹、逆、足向けんな、足。お前、寝るな、お前、おい

男　寝るな

先生　、、、

先生　、、、（なんですか？）

先生　ねるな

先生　——先生、男を座らせようとする

先生　おいおいおいずっ行くの？

——先生、妹を行かせまいと引っ張る

——店員、下手より登場

店員　お待たせしました、お決まりでしょうか、。えっと、このキムチってのは、でっかい

神　おい、もどれ、おい

先生　はい？

店員　どんくらいの大きさ？

兄　しょうがねえな、おい

神　え、こんくらいの器に、、、

店員　どうしたの？

先生　あ、ちょっと、なんか、、、あの、サプライズ（パーティー？）

妹　うーんうーん、帰る

神　何いってん、ちょお前、行くなちょ、話そ、話そう

神　え？
先生　あ、ちょっとなんかサプライズ、サプライズパーティー的な、なんで
神　どこ、どこ、行くんだよ
先生　あ、どこも行きません。おい、、、すぐ、すぐ、もどります
神　おい、、、おい。おい、どうすんの、なに

――先生・兄・妹、上手に退場

神　――神、しばらく上手を見ている
女　、あ、トイレ？トイレじゃないですか
神　あ、なんか、ちょっとたまたまタイミングがあっちゃったんじゃないですかね、、
女　タイミング、
神　、、、
店員　ああ、、、ええ、、、、じゃあ、から揚げかなんか持ってきて
神　、、お客様（ご注文をよろしいですか）
店員　――神、メニューを見ながら言う
神　から揚げ、キムチは（どうしますか）
店員　じゃキムチも、あとこれ、とりモモ肉のウメ肉あげ
神　とりモモ肉のバイ肉あえでよろしかったですか
店員　うん、それ、あと明太子

店員　特選地中海明太子でよろしかったですか
神　はい、、、、、、、、、。とりあえず以上で
　　ご注文繰り返させていただきます（よろしいですか？）
　　──神、上手の方を見ている
店員　、、、、、
　　──店員、神の返事を待っている
神　、、
　　キムチがお一
え？あ、はい、いいよ、繰り返して
　　──神、店員の視線を感じ振り向く
神　、、
　　──店員、神の返事を待っている
店員　、、
　　──神、上手の方を見ている
神　、
店員　あ、はい
神　鳥のから揚げカレー風味がお一
店員　あカレー風味、、
神　よろしかったですか？
店員　あいいですいいです

店員　とりモモ肉の梅肉和えがお一つ

神　はい

店員　特選地中海明太子がお一つ

神　はい

店員　こちら焼き方の方いかがいたしますか？

神　え、じゃあ、普通で

店員　こちら普通ですと、少し硬くなってしまいますけど、いかがいたしますか？

神　じゃあ、硬くならないように焼いてください

店員　あの、焼くとどうしても硬くなってしまうんですよ

神　ええ、じゃあ焼かなくていいです

店員　あの、焼かないでお出しすると、物凄く生臭いんですよ

神　…、ええ、じゃ生臭くない程度に焼いてください

店員　そうなりますと、固くなってしまいますけどよろしかったですか？

神　…、いいですよ、じゃあそれで固くて真ん中の柔らかい部分しか食べれませんけどよろしかったですか？

神　…、あ、もうじゃあいいです、いらないです

店員　、あの、キャンセルって事でよろしいですか？

神　あの、もうだから、いいです

店員　もうしわけございません、こちらの特選地中海明太子の方キャンセルって事でよろしかったですか？
神　、、だから、はい
店員　、、、、かしこまりまし、たっ

　　　—店員、不機嫌に下手に退場

神　、、、、
神　だから、今の
男　え？　今の？
神　だから、今の
男　え、な、なんすか？
神　あ、あいつあいつ、今の
男　え？　え？
神　なんだよな、あいつ

　　　—間—

男　ソレが何？
女　あのね、今の人がちょっとおかしかったよねって事だから、おかしかったよね、うんおかしかったね、っていう、なんか、共感したかったんですよあなたと、、、こちらの方が

男 そうなんすか？
神 あ、うん
男 なんだじゃ、そう言って下さいよ
神 あ、もういいやうん、もいいや
男 え、なんですか
神 あ、いい、いい、わかった、大丈夫

男 ：：

　　―男、女を見る

女 大丈夫ですよ
男 ：：

　　―間―

神 あ、ええ、
女 おせえなあ（あいつら、どこ行ったんだろう）

　　―間―

神 あ、キミたち夫婦かなんか？
女 ええ
神 おっ、おっ（妬けちゃうね）

女　……

―間―

神　いいね（夫婦は仲良しで）

女　え？

神　いや、、、

―間―

神　ああ、おっせーなー

―間―

神　ちょっと、それ、ちょうだい

男　、、

神　キャベツキャベツ

女　でもこれは記憶でしょ（わかってるわかってる）

神　ああ、記憶でしょ（わかってるわかってる）

女　はあ

神　だって、そうしてても腐っちゃうよ

女　ええ

　―神、男からキャベツを取る。キャベツの葉をむしって、男・女に配る

男 ──神、食べる

女 ──男・女、気が進まない

男 ；；

女 ──男・女、神を見る。キャベツの葉を少しかじり

──神、キャベツの葉を嚙み砕き、目をつぶり味わっているよう

神 わ、うわ、

男 ；；

神 わー、お前、エロいなあ

男 え

神 物凄いエロいことしてんな

　　──神はキャベツを食べるとその持ち主の記憶が見えるのだ

男 あ、ちょっとエロいとこ食べないでくださいよ

神 うわ、ヒクわ

男 ええ、何、どんな事してるんすか？

女 わかるんですか？

神 え

女 読めるんですか？

女「え、あ、うん、読めないの？

神「……

女「――女、うなずく

神「駄目だなお前ら、お腹に入れちゃうからだよ、頭で、頭に入れないと

女「あの

神「うん？

男「え、わかんない食ったのエロいとこだから

神「あぁ

男「俺なんで、記憶出しちゃったんですか？（わかります？　そういうのって）

神「ソレかして（他んところも食べてみるから）

　　　　　――男、手に持ったキャベツの葉を渡す

神「……

男「……

神「お前、エロいな

男「ええ（やめてくださいよもー）

神「駄目だ、表面のところ、全部エロい事なんじゃない

男　結構面積ありますね
神　もっとさ、中身の方にあるんじゃない
男　全部食べてみてください
神　やだよ、気持ち悪くなっちゃう
女　いいじゃないですか、昔の記憶は
男　え
女　昔のことはもういいじゃないですか
男　でも、二人のなんか思い出とかわかるかもよ
女　わかっても、私、もう、多分大分違いますから
男　え？
女　記憶、虫に食われちゃってるから
男　、
女　その、昔の私と大分違っちゃってますよ
男　、、、
神　あ、これ虫ついちゃってるよ
男　え、え（僕の記憶にも虫ついてんですか）
神　ほら穴開いてるでしょ
男　ホントだ

――男、穴を覗く

神　見える？

男　暗くて（良く見えない）

女　見せてください

男　あ、あ、はい

　　　　――女、キャベツの穴を覗く

神　え、殺せるよなんで？

男　虫は殺せませんよね

女　本当ですか？

　　　　――男・女、神を見る

神　、、殺したいんです

男　、、

女　、どうやって？　どうやればいいんですか？

神　え、なんか、ソレごと燃やしちゃえば

女　、、

男　いや、こっちじゃなくて、こっち

　　　　――男、女の頭を指す

神　あ、虫いるんだっけ？

女　はい

神　そりゃ誰か中に入ってって殺すしかないよ
女　中に？
神　頭ん中
女　、、、、
神　やったげよっか
女　え
男　ほんとですか
神　ばっか、お前、俺誰だと思ってんの？
男　、、
神　ちょっと、まって、、
　　――神、手元のパンをいじる、粘土のようにこね、人型を作る
　　お前これちょっと持ってて
　　――女、神を見る
神　――神、あまったパンなどを男に持たす
男　なんすかそれ
神　人間
男　え？
神　人間。いい？

女　え、なにが？
神　この人に中に入ってもらって、そんで虫を退治してもらうから
女　中に入るって
神　口から入って、こう、登ってくから
　　——女、舌で口内を探りながら
女　、、、え、ここの、口と鼻のつなぎ目のところから入っていくんですか
神　じゃ、違う違う
女　いいから、、、
神　え、でも
　　「よーし、僕が体内に入り込んで、虫をやっつけてやるよ」
　　——人間、女の上を登る
　　——人間、女の口の前に立つ
　　——神、人間を女の口の中に入れようとする
　　——女、抵抗する
　　——女・神、押し合いになる
　　——女、払いのける
　　——神、地面に叩きつけられる

神　、、、

　　―間―

　　―神、もう一度人間を歩かせる

神　「よいしょ、よいしょ、よし、こっからはいるぞ」「口をあけてよ、ねえ、ねえ」

女　「やんなっちゃうな、こっちも別にやりたくてやってるわけじゃないんだよねー」

男　「口をあけてって、、、どうしたの？」

女　なんか嫌

神　―女、口を閉ざしたまま

神　「僕を信じて、頭の中に入って虫を退治してあげるよ」

　　―神、男を見る

男　、、、

女　ちょっと心配だけど、きっと大丈夫だから

神　―女、男を見る

男　「はやくー」

女　虫がいなくなれば、大切な記憶を食べられちゃう事もなくなりますよ

男　、、、

　　本当の記憶だけ残せるんだよ

　　―女、一度男を見て、決心して口をあける

神「よーし行くよ、よいしょ、よいしょ」
 —人間、女の口に入る
神「よーし、そのまま僕を飲み込んで、これからゆっくり頭のなかに
 —女、人間を嚙む
男「あ
 —女、人間を嚙み砕く
神「いて、いててて、、、、う、腕が、、俺の腕があ」
男「あ、嚙んじゃ駄目なんじゃない」
女「あああぁ、クォー、、、、」
 —女、人間を飲み込む
 —間—
女「、、ほんのり塩味が、、食べちゃった？
 —女、歯に挟まった人間を舌で取って、綺麗に飲み込む
男「、食べちゃった、食べちゃった」
神「駄目だよ食べちゃ
女「つい

神 巨大化しちゃうぞ
女 え
男 巨大化？
女 だから物凄くでかくなっちゃう
男 なんで、何がです
神 だから
　　――神、女を指差す
女 え
神 人間食っちゃったからでしょ
女 嫌よそんなの
男 だって食っちゃうんだもん
神 何言ってるんですか？
男 何って
神 巨大化するって？
女 だから、でかくなっちゃうの
男 え？、え？
女 嘘？
　　――男、女をつかんでよく見る

男 「……
女 どうしたの?
男 ああ、なんかちょっとでかくなってる
女 どうしよう
男 がんばって、、でっかくならないように、
　　――女、体に力をこめる
神 どうにかならないんですか
男 そんな事しても無駄だよ
神 無理無理、だってもう食っちゃったもん
女 あなた
男 どうなっちゃうんですか
神 でかくなってもう、もの凄くでかくなって、全部を取り込んじゃって、もう大変だよ
男 え、え、なんで
神 だから、でか過ぎて
男 どれくらいまででかくなるんですか
神 世界と同じくらい
男 、、

──男・女、見つめあう
　　──男の視線、段々上を向いていく
　　──女の視線、段々下を向いていく
女　あなた、
男　大丈夫、大丈夫だから
女　どれくらいで？
男　え、何？
女　どれくらいで大きくなっちゃうんですか？
神　知らないよ
男　待ってて、どうにかするから
神　え、できないよ、そんなん
男　、どうすればいいんです？
神　どうしようもないよ、、、
　　──女、自分の腕などを見ている
男　俺もでかくしてください
神　え、いいけど、二人ともでかくなっちゃったら、混ざってなんだかわかんなくなっちゃうよ

男　え、え？
　　　──男、女をみる
女　私、どうなっちゃうんです？
　　　──女、四十メートルくらいになっている
男　でっかくなってどうなっちゃうんです？
女　；；；
男　皆を踏み潰しちゃうの？
　　　──男、神をみる
神　だから、でかくなって薄まって、全部取り込んじゃう
女　取り込むって
神　うーん、なんかだから、、、入れちゃう、みんなを、中に
女　え？
神　だからそう
女　じゃあ、みんな死んじゃうの？
神　死なない死なない
男　それでどうなっちゃうんです？
神　だから

女　私はどうすればいいんです

神　だからどうしようもできないよ

女　そんな

　　——女、かがんで床を這いずり回り、何か小さい物を探す

男　あなた、どこ？

女　、、ここだよー

　　——男、自分の体を精一杯大きく見せるために床に大の字になり手足を振る

女　どこ？

　　——男、手足を大きく振る

　　——女、床にヒザを着いて床を見ている

男　おーい

　　——男、大の字で寝転んだままあらん限りの声で

女　、、

　　——女、芥子粒ほどになった男を見つける

男　見えない？

女　——神　知ーらない、俺悪くないー

　　——逃げるように上手に退場

女　見えるけど、ちっちゃい

　　——女、顔を床にくっ付けるようにして見る

男　、、、もう肌色にしか見えないよ
　　——男、起き上がり
女　、、、どうしたら良いの
男　ごめんね、俺が、ごめんね
女　どうなっちゃうの、私
男　どうにかするから
女　どこにいるの？
男　ここにいるよ
　　——男、再び大の字になって手足を大きく振る
　　——女、もう顔を床にくっつけてしまっている
女　私が見える？
男　何？　聞こえない
女　わからない
　　——男、もう女が見えない
　　——女、もう男が見えない
男　行かないで
女　どこ？　踏んじゃいそう、、、あなた、あなた　男　いかないで—
女　何にも見えない、ここはどこ？　男　一人にしないで—

男　　おーい、女、顔をこすり付け床の上を必死に探す
　　　　―女、どこに行っちゃったの **女** 怖い、
男　　どこー
男　　**女** あなた、あなた
女　　―男、立ち上がりあたりをさまよう
　　　、、、、、
　　　、、、、、
　　　―女、大きくなりすぎて男が見えない。
　　　しばらく、男を捜してさまようが、あきらめたように ブランコに座る
　　　顔を覆って泣いているよう。手には男のキャベツの葉を持ったまま
　　　―男、大きくなりすぎた女が見えない、疲れて座る
　　　―間―
　　　―妹、下手より這いずって登場
兄　　―先生・兄、妹の後に登場
妹　　―妹、這いずって上手に向かって進む
兄　　どこまで行くの？
妹　　海の向こうに帰る
兄　　駄目だよ
妹　　なんで

兄　色々めんどくさいから
妹　、、
兄　ほらもどろ
妹　、、
　　　——男、地べたに座っている
兄　あ
　　　——兄、嫌な表情をする
先生　、あ
　　　——男、嬉しい表情をする
兄　無視しようぜ
男　え、なんで？
兄　なんとなく
男　えちょっとなんとなくで、無視しないでよ、お父さんだよ
兄　、、
先生　何してるんですか？
男　え？
先生　こんなところで何してんですか
男　え、いや

先生　駄目じゃん、ちゃんと話相手になってないと（神の）
男　え、でも、なんか、妻が
先生　はあ？
男　妻が人間食べちゃって
先生　ええ（なにそれ？）
男　母さんが？
兄　うん
男　それで？
兄　なんか巨大化しちゃった
男　なんで
兄　わかんない、なんか、人間食べちゃって
男　……。それは聞いたよ
兄　ばか
男　うん
兄　ばか
妹　ばか
男　――妹、腹の傷を押さえて振り絞るように言う

先生　なんで人間なんて食べちゃったの

男　なんか、虫を殺してやるって言われて

先生　だれに

男　あの、あの人に

兄　それで、母さんはどこに

男　わかんない

兄　え

男　だから、でか過ぎてもう見えない

兄　いや、もっと、でかすぎるより、もっとでかいらしい、世界と同じ位だって

男　でかいんなら見えるだろ

兄　……

男　でかいわね

兄　……

妹　、、もう母さんに会えないの？

男　え？、、

兄　会えるよ

男　どうやって

兄　……、ここが母さんの中だって

兄　え？
男　、、、、、、、、、会えるよ
兄　、、、
妹　あたい、母さんと話した事もないよ
兄　、、、
男　父さんだって、あんまりないよ
兄　俺だって殆どないよ
男　父さんは自分が悪いんじゃん、勝手に記憶捨てるから
兄　それは、しょうがないよ、だって、それは、ほら
男　なんだよ
兄　あれ、父さんじゃないから
男　は？
兄　父さんの前のなんつうの、前の人？　前の人がやったんだろ
男　それもお前だろ
兄　まあそうですけど、でもー、今の父さんには―
　　―ヘリコプターの音、徐々に聞こえだす
　　―兄・妹・男・先生、ヘリコプターの音に気付く
兄　伏せろ
　　―兄、伏せろ

妹　　　―妹・男・先生、兄を真似て伏せる

　　　―一発の銃声

　　　―ヘリコプターの音徐々に遠ざかる、やがて消える

　　　―間―

　　いってー

兄　　おい（大丈夫か？）

　　　―妹、額を擦る。手をどけると、額に弾痕、赤々とした血が出ている

妹　　イって、わぁ、いった、、、、

　　　―兄、妹の弾痕をみておそるおそる言う

　　　―妹、兄の様子があまりにも真剣なのでしっかり確かめてみたら、額に穴が開いており、血がドクドク出ていてびっくりする

兄　　平気？

妹　　、、、いったー、

男　　平気？

妹　　ああ、えぇ？（知らないよ）

兄　　一体だれが？

先生　、、、、

　　　―兄・妹・男、いつになく真剣な面持ちの先生に注目する

―間―

先生　あ、いっけない、ボーっとしちゃった
兄　ええ、なんだ、なんか考えてんのかと思いましたよ
先生　ごめんごめん、なんも考えてなかった
兄　もー

―妹、苦しそうに床に突っ伏し、荒い息で呻きながら、自分の傷の深さを心配している

男　大丈夫なんですか
兄　何が？
男　いや物騒だなーと思って
妹　、にぃ、、ちゃん、、
兄　お、どうした
妹　あたい、、、なんで撃たれるの？
兄　、、わかんない
妹　なんにも、、悪い事してないよ
兄　、、、
先生　―兄・妹のやり取りを聞いていた先生、妹の前に出る
甘ったれないで、悪い事しなくても撃たれるときは撃たれるんです

先生　なんであたいだけ、自分だけだと思わないで、みんな苦しいの、生きるって事はそれだけで苦しいんですよ

妹　…

先生　世界にはご飯も食べられない、満足に教育も受けられない子供たちが大勢いるのよ、きいてるの？

妹　…

兄　…うん

妹　わかった？（そういうことなんだよ）

兄　自分だけが不幸みたいにいわないで

先生　…

　　　——妹、力尽きたように寝っころがる

先生　どうしましょうか？

兄　さあ

男　どうにかして元に戻せないでしょうか

先生　え、何を？

男　あ、妻を

先生　…私には夫婦の事はわからないから、、

男 、、
妹 兄ちゃん
兄 うん？
妹 なんか黄色いのが出てきた
兄 え、どれ、、わ、気持ち悪い
先生 あ、それ脳よ、脳
兄 平気かな？
妹 、、、押さえとけ
兄 うん

―間―

男 小さく出来ればなあ
先生 聞いたことないですね
男 はあ、、、母さん、なんで巨大化しちゃったんだろうな
兄 、、、
男 俺らも巨大化するか？
兄 できんの？
男 、、、
兄 できたとしても巨大すぎてお互い認識できないんじゃない？ 物凄く大きいんでしょ

男　だって、同じ大きさだったら普通だろでかくなるって事は薄くなるんだよ、あの濃度みたいなのが
兄　、、、
男　だって、世界と同じくらいでかいんだろ
兄　そうだよ
男　てことはお互い薄まって重なっちゃうんじゃないの
兄　、父さん、難しいことわかんない
男　だから、、、、ちょ考えて
兄　──兄、イラッとして吐き捨てる

男　、、、

　　──間──

先生　ねえ、私帰っていい？
男　え？でも、、
妹　うーん、にいちゃん
兄　うん、どうした
妹　兄ちゃんの、エスパーで、母ちゃんと、話せない？
兄　え何？
妹　兄ちゃんの、エスパーで、母ちゃんと、話せない？

兄　エスパーは人称代名詞だから使い方がおかしいぞ
妹　え？、、
兄　じゃあ、ええ、、エスパーの、、兄ちゃんなら、母ちゃんと話せないのか
妹　ああ、どうだろう
兄　話せるのか
男　わかんないよ
兄　ちょっとやってみてよ
男　うん、、やってみる？（ほんとに？）
兄　はやくはやく
男　どう？どう？
兄　、母さん、母さん、聞こえますか、、、、、母さん、、、
男　まって、、、、
兄　どう？
男　なんだよ、そんなの拾うなよ
兄　しょうがないだろ
男　あ、何でもなかった、タクシーの無線だった
　　——兄、語気を荒らげる

男、しょうがないけど
　　　―兄、あたりをうろつく
　　　―間―
先生　帰ろうかな、、なんか、じゃまかなって
男　　いやいや、そんな事ないすけど
先生　いや、なんか取り込んでるみたいだし
男　　帰れるんですか
　　　―兄、妹にブランコの下に寝るように促す
先生　さあ、どっちですかね私の家
男　　、、いや、知らないです　**兄**　いいから
　　　―兄、妹の体を引きずってブランコの下へ
　　　―妹、体を引っ張って位置を調節する。
　　　妹の顔の上にブランコの座面がある。接触はしていない

兄　　上見てて
妹　　うん
兄　　**兄**　お前ちょっとここ寝てみ　**妹**　え？
妹　　ちょ、何すんの？
兄　　**兄**、ブランコを持ち上げる
　　　まって、面白いから

妹　何?

兄　ドゥーン、ドゥ、ドゥーン♪
　　――兄、クライマックスっぽい鼻歌を歌いながらブランコをゆっくり持ち上げる

妹　こえー、当たらない?

兄　大丈夫、絶対だいじょうぶ
　　――兄、落としそうで落とさないようなフェイントをする
　　――妹、そのたびにおびえる
　　――兄、ブランコを落とす。ブランコ妹の顔の真上で止まる

妹　超スリル? 超スリル
　　――妹、少し興奮しているが楽しくはなかった

兄　面白いべ?

妹　、うん

兄　な（俺の言った通りだろ）

妹　次兄ちゃん下やって

兄　何でだよ?

妹　え、だって、順番でしょ

兄　何でだよ?

妹　、、え

兄　何でだよ？

　　　―兄、大声を出して断固拒否する

妹　、、、

兄　あああ、踊りてえな

　　　―兄、小さくリズムをとる

妹　お前まるっきり不良だぞ

兄　、、、親の顔がみてえなあ

先生　踊りなさい

兄　え？

先生　悪さする気力があるなら踊りなさい

兄　え、でも先生の前だと緊張しちゃうからな

先生　別に怒ったりしませんから、自由に踊りを楽しみなさい、そういう練習も必要よ

男　でもなあ

先生　うるさいなあ、じゃあ後ろ向いててあげますから、ね。

男　ええ、いいですよ

　　　―男・先生、後ろを向く

　　　―兄、もじもじしているが男・先生の後ろで踊る

先生　倒れている妹を引っぱりおこして二人で踊る
男　もうみんな帰れないかもしれないですね
先生　え、どういうことですか？
男　だって、もうここよくわかんない事になってますでしょ
先生　はあ
男　ここって、あの、あなたの奥さんの中？
先生　え、すいません（後ろが気になって聞いてませんでした）
男　ここって、あなたの奥さんの中って事ですかね
先生　え？（どういう意味ですか）
男　だって、世界と重なっちゃったんでしょ
先生　そうですねえ
男　先ほどの話からするとそうですよね
先生　まあどうぞおくつろぎになってください
男　ええ、ああ
先生　ああうっとうしい
　　　――兄・妹、バタバタうるさい
　　　――兄、先生の後ろに立ちボディーラインをなぞるように踊る
　　　――先生、兄の胸板をグーで殴る

兄　、、やっぱり怒った
妹　うーん
　　　―間―
兄　―男、ウロウロしだす
兄　なんだよ？
男　え、いや、おれキャベツどこやったっけ？
兄　え？
男　なんかキャベツ
兄　しらねえよ
男　あれ？（どこやったんだっけなぁ？）
先生　どっかに忘れてきたんじゃなくて？
男　ええ、ああまあ多分
兄　あ、やっぱ探し行ってこよ
男　え？
兄　散歩がてら
兄　散歩したってしょうがないだろ
男　だって、キャベツ

兄　ただのキャベツだろ
男　うん、でも、一応俺の記憶だからさ
兄　じゃあ、行ってくれば
男　え、一緒に来てよ
兄　俺はなんか良いやちょっと気持ち悪い
男　何が？
兄　え、だってなんか、母ちゃんの中なんでしょ
妹　兄ちゃん怖いの？
兄　うるせえ
男　なんでよ、行こうよ
兄　いいよ、なんか、行って来なよ
男　ええ、じゃあ、どうしようかな、行かない？
妹　うーん
　　——妹、虫の息
男　行きません？
先生　遠慮しますわ
男　はあ
兄　一人で行って来いよ

男　うん、、じゃあちょっと行ってこようかな
妹　行ってらっしゃい
兄　父ちゃん
妹　うん
男　父ちゃん、どうした？
妹　おう？
兄　、、、、、
　　―男、屈んで妹の頭を抱き、妹を見つめる
　　―妹、男に何かを言おうと必死になっている
　　―男、立ち上がり、下手を向いて足踏みをしだす
あ、聞かないの、あ
　　―兄・妹・先生、上手に移動する
　　―男がその場で足踏みをすると、兄・妹・先生がズルズルと上手にイザって移動していく
兄・妹・先生、そのまま上手に退場
男、回れ右をする。上手に向かって足踏みをしだす
兄・妹・先生、ズルズルと再び上手から登場
兄、焼きそばを食ってる

兄　　――妹、寝てる

　　――先生、雑誌をめくってる

　　――男に気付き慌てる

兄　わ、なんだよ

男　あ、ごめんごめん、あれ（やきそば？）

兄　何？

男　何そんなん食ってんのよ

兄　いや、別に戻って来たわけじゃなくて

　　――男、回れ右をして下手を向いて再び足踏みしだす

兄　なんだよ

男　、、、やっぱ怖いな

　　――男、もう一度回れ右をして上手に移動する。もう誰もいない

男　あれ？　おーい、みんな

　　――男、あたりを見回す

女　一人なの？

　　――ブランコに女が座っている

女、え、何、だれ？

男、――男、先ほどの声の主が女であると気付く

女、どこにいるんですか？

男、――男、足元に落ちているキャベツを見つける
女の隣のブランコに座りキャベツに耳を近づける

男、――男、キャベツに口をつけ

女、そこにいるの？

男、――

女、君はキミ？

男、――

女、ねえ、でかくなって今度は小さくなったの？

男、――男、猛然とキャベツの葉を剥き始める

女、やめて

男、――男、キャベツに顔を近づける

男 そこにいるの?
女 ええ
男 どうして? また小さくなったの
女 違うの
男 じゃあどうしたの
女 、、、
男 良かった、会えてよかった、出て来れない?
女 ――男、キャベツの葉を剥ぎ取る
男 剥ぎ取るのをやめて
女 出てきてくれる?
男 、、、私はあなたの知ってる私じゃないのよ
女 なにそれ?
男 、、、私は青虫です
女 え?
男 、、、私は青虫なの
女 、、、、、、ごめんわからない
男 わからなくて良い
女 でも、え、どういうこと

女　私は青虫だったけど、私の記憶を全部食べつくして私になったの
よくわからない
あなたの妻だった人の記憶を残らず食べて、あなたの妻になったの
じゃあ今でも妻でしょ
違うわ
なんで
だって、記憶はもうここまでしかないもの
うん？　どういうこと？
記憶が終わってるの
なんで、記憶は増え続けるんでしょ
私は死んだの
、
大分前に、、あなたは忘れてるだけ
、、、意味がわからないよ
私はあなたの記憶の中の私なの
何言ってんの？　大丈夫？
あなたは私を殺したくなかっただけ
、、君は何？

女　青虫
男　、
女　でも、一人でここにいるのはもう嫌なんです、一人で食事をとるのはもう嫌なの
男　だから、一緒にいようよ
女　無理よ、もう死んだんだもん
男　嘘でしょだって死んでたらしゃべれないでしょ
女　だから私は、私じゃなくてあなたの記憶の中の私だから
男　、、
女　もう行かせてください、ここでサナギになるの
男　ここって
女　キャベツの中、、だから、剥ぎ取らないで、私はサナギになって蝶になるまでそこで過ごすから
男　会いたい
女　会えないですよ
男　なんで
女　私はただの記憶だもの
男　、なに言ってるの？
女　もう、サナギになるの

男　じゃあ俺もなる

女　さようなら、元気で

男　え、

女　え、

男　おーい、ちょっと返事して、いるんでしょ

女　……

男　……

　　——男の表情崩れる。泣き出す。駄々っ子のようにキャベツを剝き始める
　　——キャベツ、辺りに飛び散る
　　——男の隣のブランコには女、上を向いている
　　——溶暗——
　　——男のすすり泣く声
　　——キャベツを剝く音

——幕——

すてるたび

登場人物

1　2　3　4

—イスが4脚、並んでいる。前二脚、後ろ二脚、同じ方を向いている
1、座っている
　—1、イスから落ちるように降りる、うずくまる。時々、頭をもたげる。祈っている様。踊っている様。イスの下に潜るイス四脚をかき集め、自分の上に積み上げる
　—3、来る、1を見る。二人目が合う
1、、、、、
3、、
1、うん
3、姉ちゃんは俺が何してるか、わからないだろう
1、想像してごらん

1 、例えばここが海の底でね、、、、ここが、海の底でね
3 ——3、行こうとする
1 あ、
3 いいや
1 待って
3 何よ
1 姉ちゃん何してんの
3 、寝るの
1 ——3、行こうとする
3 あ、待って
1 何よ
3 ここが海の底でね
1 違うでしょ
3 違うけど、そうだとしてね
1 あんた、父さんの箱開けたでしょ
3 、え?
1 知らないからね

1 　……、開けてないよ
3 　私、知らない
1 　あれ兄ちゃんの指示でやったんだよ
3 　あいつ、開けてないって言ってたよ、中身見たのあんただけだって
1 　……、え
3 　あんた殺されるよ
1 　え、……、でも、兄ちゃんが見ろって言ったんだよ
3 　あいつ、ぶん殴られてあんたが開けたって言いつけてたよ
1 　ええ、でも兄ちゃんが見ろって言ってたんだよ
3 　父さん来るよ
　　　―3、奥を覗く
3 　怒り狂って
1 　……、
3 　知らない
1 　え、……、父さん、行こうとする
3 　―3、死ななかったっけ？
1 　……、まだ当分死なないでしょ

3、……？、しばらく1の意図を量ろうとその場に留まるが、大した意図もないのだろうと、立ち去る

1
—1、父さんのやって来るだろう、方向を見る
—2、やべえぜ、、、、、やべえぜ、、、、殺されるぜ、兄ちゃんの野郎が裏切りやがったからやべえぜ、父ちゃんの野郎、箱の中身を見たくらいで、俺を殺そうなんて、、ひでえ奴だぜ
—1、イスでバリケードを作る、その中に入る

1
—2、貝を見つける
—1、貝みたいにするぜ、そして俺は貝の中に入るぜ、、、、、こん中は安全地帯、、、、、怖い、、、、、
—1、怖がっている
—2、来る
—1、縮こまる

1
—2、探している
—1、1を見つける
—2、怯える
—1、、、、、、、、、ごめんさい、、
—、なんだよ
—1、2をすげえ見る

1 なんだ兄ちゃんか、父さんかと思った？
2 うん、お前言いつけただろ
1 ごめんごめん、殺されるよ
2 大丈夫だよ
1 、、、
2 、、、、、
1 え？ でもなあ
2 あ、何？
1 なあ、良いもん見せてやろうか
2 、、、、、何？
1 なんだよ
2 お前言うからな言わない
1 いやっ、絶対言うからなあ
2 言わないから、、、何？

1 ほん、っとに言わない
2 うーんでも絶対言うでしょ
1 絶対言わない神に誓って言わない
2 言ったらお前神に酷いことされるんだぞ
1 良いよ、、、、言わないもん
2 、、、
1 、、、
2 ——2、ポケットに手を突っ込む
1 教えてよ
2 待あって
1 ——2、ポケットから何か小さいものを出す
1 、、、あ
——1、覗き込む
1 ——2、掌の上のものをあやす
2 あ、タロ？
1 そう
2 、どうしたの？
——1、掌の上に手を出す

2 あやめろ
1 なんでだよ、
2 ‥‥‥、父ちゃんの箱の中から出てきた
1 ‥‥‥、父ちゃんそんなとこにタロ隠してたの
2 ―2、タロを下に放す
1 うん
2 父ちゃん、タロ捨ててなかったの
1 うん
2 でも、あん時さ、タロの入った箱持って出てっただろ、夜中
1 うん
2 俺がタロ拾ってきたとき
1 うん
2 だから、そん時捨てないで箱に入れて持ってたんだよ多分
1 うん、、、
2 ―2・1、タロを見ている
1 ―1、タロをあやす。タロ少し大きくなっている
2 おーーよしよしよし、ゆううううう、、、はいはいはい、、、うーん、気持ち良いの？うええぇ、こうすると気持ち良いの？

1 ん？ ん？
　――1、タロをあやしている
　――2、1の気を引くため手を少し出す

1 、、、、？
2 うん
1 、、、タロ飼って良い？
2 駄目だろ
1 、、、
2 どっかに隠して飼おう
1 死なないかな
2 ちゃんと餌やれば平気だよ
1 、、、またポケットに隠しておけば良いんじゃない
2 駄目だよ、すぐ見つかっちゃうよ
1 じゃあどっか箱の中は
2 まあ、ポケットよりはましかもしんないけど
1 じゃあ箱に隠そうよ
2 でも見つかっちゃうよ
1 じゃあ、どっかなんか、、、、、ロん中は

2 ……、嫌だよ、あじゃあお前の口に入れろよ
1 ええ嫌だよ、オエってなるよ
2 あ、じゃあ姉ちゃんのロン中に隠そうぜ
1 ……、……、……、怒られないかな
2 見つかんないようにやれば大丈夫だよ、姉ちゃんは？
1 寝てる
2 じゃあ俺行ってくるから、お前絶対動くなよ
1 え？え？
2 絶対音立てるなよ、途中で姉ちゃん起きたら、俺噛み切られるかもしんないから
1 ……、……、あ、うん
2 そのまま動くなよ
1 うんあ、ちょっと待って
2 ——1、イスに座る
1 ……、……、
2 いいよ
1 ——2、ゆっくりはける
——1、一人でじっとしている、一ミリも動かないようにしている
——間

1
 ーー4、来る
 ーー1、顔を上げる

1、今、、お亡くなりに、あの、息をおひきとりに、、亡くなった、、よ
1、うん、、、
1、、、、、どうしよう？ こういう時って誰に連絡すれば良いのかな？ 警察？
1、ああそうか、、、二人もきっと待ってたもんな、、、待ってたっていうか
1、さあ、先ず義姉さんと義兄さんに連絡した方が良いんじゃない
1、うん、気が済まないだろうから
1、、、、、、、どんなだった？ 最後
1、え、別に、、そのまま、死んだよ
1、あ、そう
1、うん
1、、、、、
1、挨拶しなくて良いの
1、、、

1 ：……、いいや、怖いから
4 挨拶って言うか、見とかなくて良いの
 ——間
1 お前、姉ちゃんと兄ちゃんに電話してくんない
1 ：……、頼むよ
4 ：……、私、疲れた
1 ：……
 ——1、すすり泣いている
 ——4、静かに1の隣に座る
 ——1、やがて、こらえ切れずすすり泣きはじめる
4 ちょっと、何泣いてんの？
1 ——先ほどから1をチラチラ見ている
4 え
1 みっともないでしょ
4 何がだよ
1 こんなとこで泣かないでよ
4 泣くよ、だって、ここで泣かないでどこで泣くんだよ

4 ――、辺りを見回す

1 しゃんとして

4 ――間

1 ――陽気な音楽流れてくる、遠くで

4 何？　何この音楽、やばいよ

1 何が

4 あんま音立てちゃまずいよ

1 だってしょうがないじゃん、もう時間なんだから

4 何が

1 お坊さん、

4 、

1 来るの

4 お坊さんが？

1 うん

4 お坊さんが来てどうすんの？

1 お坊さんが来て、、棺桶を地面に埋めるの

4 土の下に、、？

4　そう

1　なんでよ

4　何でって、それで地面に埋めて

1　うん

4　そしたら、こう叩いて土を、固めるの

1　うん

4　そんでちょっと見てるじゃん？　みんなで

1　何を

4　地面を

1　、、、うん

4　そしたらゴゴゴゴって地面が割れるの

1　地面が？　えなんで？

4　割れるの、とにかく

1　、それで

4　で、、

1　ブン

――4、地面が割れそこから何かが板バネの反動で飛び出す仕草をする

――4、もう一度

4 ブンて、飛び出す、
1 え何が
4 棺桶
1 おい、駄目だよそれじゃなんでよ
4 出ちゃうだろ中身が
1 中身って何よ
4 死体だよ
1 そうだけど、、、そうなんだもん
　　——1、前を見ようとする
4 くそーなんでこんな後ろに座っちゃったんだしょうがないでしょ先行予約に間に合わなかったんだから
1 え?
4 先行予約、それで取ってればもっと良い席に座れたのよ
1 あ、そういうのがあったの?
4 あったの
1 葬式の?
　　——1、列の先の方を見ている

4 そうよ
1 父さんの?
4 タロよ
1 タロ? 嘘つけよ
4 なんで嘘つくのよ、タロは私が看取ったんだから、間違えようがないもん
1 看取った?
4 そうよ、あんたが死ぬとこ見たくないっていうから、私がずっと看病したんじゃん
1 、、、
4 ちょっと
1 良いじゃんどうせ空いてるんだし
 —4、前の席に移り
 —1、前の席に移る
4 やめてって
 —4、前の席に移り
 —1、前の席に移る
 —四脚のイスを交互に繰り出し、縦二列に整列した椅子を表現する

1 あ
 —やがて、前のイスに2と3が居る

3 ──3、振り返る

― し

3 ――3、渋い顔、上顎の奥の方に何かが引っかかっていてそれを舌の先で取ろうとしている

4 あ、すいません

――3、前を向く

1 ここに居たの

2 そりゃ居るよ

3 ちょっと静かにしな

――3、口の中を気にしてる

1 ；、うん

3 ――3、どうしたの？

；、うん、、、、

3 ――3、上顎の奥の方に何かが引っかかっていてそれを舌の先で取ろうとしている

1 さきから、ここの上顎のこう、ホッペと奥歯との隙間の、袋みたいになってるところになんか引っかかってるの

3 え、、、、、、何が？

；

――3、首を捻りながら口の奥を気にしている

1　あんまいじんない方が良いよ
3　──2、3の肩を抱き前を向かせる
　、おん

1　まだ取れないの？
2　うん
3　一体何が引っかかってるんだろう
2　さあ？　わからない、わからないことばかり
3　そうだな
2　──間

1　お行儀良くしてよ
4　──1、2と3を見ている
　、うん

1　おい
4　──4、3が尻に敷いている雑誌を取ろうとする
　、それに気付いてか尻で抵抗する。抵抗もむなしく4、雑誌を取り読み出す

1「おい
4「何よ
1「お前こそお行儀良くしろよ
4「何がよ、だって暇なんだもん
1「そうだけどさ
4「いいじゃない別に

1「——4、靴を脱いで、前のイスに足をかける

1「、、、おいちょっと
4「——3、お尻がムズムズする。後ろが気になる。イスとイスの隙間から後ろを見る

1「あのさ、、、
4「、、、
1「なんかごめんね
4「え？
3「タロ、、？
4「、、、
3「いや最期、押し付けたみたいになっちゃって
4「ああ、、、

3 私たちもほら、空けようと思ってたんだけど、予定、、、ちょっと急だったから
4 はあ、、、そうですね、、危篤になってからは大分あれでしたけど
3 いつあれするかわかんなかったですもんね
4 ごめんねえ
3 ああ
4 最期、、どうだった？
3 ええ、ああ、あの、普通に、そのまま亡くなりました
 ―4、言いながら震えた体の仕草をし、動かなくなった様を話したっけ？　この子がこんな小さいタロを拾ってきてさ
 ―小指の先くらい
4 ああ
3 一度、父さんに捨てられてね
4 なんとなく聞きました、それで、隠れて飼ってたんですよね
3 そう
4 3人でシーチキンの缶詰を買って来てさ、、
2 シーチキン
4 そうそう、シーチキンをね、こう繊維に沿って分解していくの、なんか、筋肉の繊維み

はい

4 何ひっくり返すって?

2 そうね
1 あのあれだったら、ひっくり返しちゃいません?
3 ―2と3、すでにイスの背もたれに胸を預ける形で1と4と向かいあっている
4 犬なんじゃないの?
1 そうか、犬、

2 タロ、犬?
1 うん?

2 ……、犬だっけ?
1 ―1、微笑む
2 ―2、1に微笑みかける
グーッ、グーッ、て嬉しそうに鳴くんだよな
―2、口元に手を持ってきてタロの口を表現する

2 それをね、ちっちゃく分解していって、細くしていくの、筋肉の繊維をさ、口元に持ってくとさ、こう、グチュグチュ、グチュって美味しそうに食べてさ

4 たいのがあるでしょ、シーチキンの

4 座席をクルッて裏返すの
　——4と3と2、立ち上がる。1、つづく
1 裏返してどうすんのよ、裏返したら、ひっくり返っちゃうじゃん
4 え
1 裏返すって言ったらなんか、裏を表にするってことみたいじゃない？
4 じゃあなんて言うのよ
1 ムキを変えるとかじゃない？
4 ええ
3 向きを変えるじゃ、角度が足りないよね
　——また人が通る
2 ——四人よける
1 うん良いからひっくり返そうよ
2 ひっくり返すのも違うよ
4 どうでも良いだろ、そんなの
1 これどこにあんのかな？
4 え？
1 なんか、ひっくり返すレバー
4 ひっくり返すじゃなんか、ちがうよ——

——四人、シートを反転させるためのレバーを探す

2 普通、こういうとこに付いてんだけどな
3 無いわね
4 ひっくり返せないシートなんですかね？
1 これじゃね
3 それ違うでしょ

——1、レバーをいじる、イス倒れる

3 ほら
1 、
2 こういうのはあれだ、結構、見えないとこにあんだよ
3 なんでよ見えないと困るじゃん
4 見えないって言うか
2 これじゃない
1 あ、これだ
4 なんだよこれ
2 だ、こうすんだろ
1 あれ

——1、レバーを引く

2　押すんだろ
　　―2、押す
4　2　……、固ったいな
2　あ、ちょっといいですか
　　―4、しゃがみレバーをいじる
2　あでも、裏返んないようになってんのかもしれないな
　　―4、レバーをカチャッとやって押す
　　―シート回転する
2　4　2　……、え、どうやったの今
　　―、カチってやったんですけど
2　カチって何？
　　―3・4、シートを回転させる
　　―1・2、シートのレバーをちょっと見てる
4　窓際来る？
　　―3、荷物を上げて窓際に座る
4　窓際来る？
　　―4、通路側に座る
1　うん
　　―1、4を越えて窓際に座ろうとする

ちょっと手伝って
2、荷物を上げようとする、先ほどから抱えていた大きな箱
1 ——4、足を抱えるようにする
2 え？
1 これ上げたいの上に
2 ああ、うん
1 ——1と2、大きな箱を二人で持ち上げる、電車の網棚に上げる
2 これ何？
1 うん？ タロだよ
2 え
1 タロの棺桶
2 ——、ああ、タロの？
1 そうだよ
 ——1と2、それぞれの席に座る
 ——1、上を見ている
 ——2、前の席に足を投げ出す
 ——4、嫌な顔をする
 ——2、かまわない

1　この箱の中にタロ入ってんの？
そうだよ
3　ー1、上を見ている

1　、大丈夫なの？
2　何が？
1　ー1、2の足をどかす
2　大丈夫だよ、凍らしてあるもん
1　だって死体でしょ？　そんな持ち出しちゃって
2　ー2、また足を乗せる
1　凍らせてんの？
2　うん
3　浮くねえ
1　ねえ、氷って浮くよね？
　　ー間
3　ー3、納得したような顔
1　えなに？
3　タロ
2　ああでも、途中までは浮いててくれないとさ、それで深いところまで浮いてってそこで

1 沈んだ方がいいと思うんだよね
深いところ?
2 え、海に流すときのことでしょ
3 そうそう
1 、
3 タロは海に返すんだよ
1 あ、そうなの
3 そりゃそうでしょ、海から来たんだから
1 、ああ、そうか

　　　―間

1 犬だよね
2 え、そうだよ
1 そうか
4 あ

　　　―4、窓の外を見ている

3 え
4 いや神社神社
1 どこ?

4 ――4、指差す、みんな見る

3 あ、ホントだ
2 派手だな
1 ラブホみたいだね

――四人、見ている。見えなくなる。座りなおす

4 子造神社
2 え？
4 子造神社
2 、、
4 おいおい
1 子造神社
4 ちょっとちょっと
1 何よ
4 、、ストレートな神社だな、、ね？
2 、そうね
4 え別に普通に面白いよ
1 子造神社？

4 うん
3 面白いって?
4 お二人も入ったら?
――4、2・3を指す
4 入る?
3 ああええ、なんか、こういう穴みたいのがあってね
4 穴?
3 そう、なんか人がギリギリ入れる位の
4 なに? 何の話?
3 だから神社にそういうのがあるんです
4 はあ
3 まあなんかほら、あの、なんか言い伝えがあるんですけど
1 え、どんな
4 ちょっと忘れちゃった
2 それが
4 なんかそれに入るんですって、穴に
2 穴か
4 面白そうでしょ

2　面白そうだな
　　入ってみます？
4　あ、いいよ、入る入る
2　なんでだよ、いいよ俺が入るから

1　、、
2　じゃあ、入ればいいじゃない
3　うん、入るよ

　　──間

3　なんかお弁当かなんか売りにこないのかな
2　え？　なんで腹減ったの？
4　あ、そういえば少し
3　いや、お腹減ってないんだけど、ちょっとうがいしたいんだよね
2　な、トイレでしてくれば良いじゃな
3　めんどくさいんだもん
2　だって、お茶とか買ったって、ペッてどこにすんの
3　ああそうか、じゃあ良いや
4　私なんか、買って来ましょうか

3 いい、いい、平気平気
1 ねえ、仏像見えんのこっちだっけ?
　——1、電車のガラス窓にくっつくように

3 え?
1 白い奴あるじゃん、でっかい
4 そんなのあるの?
1 うんなんか、すっげえ、なんつうの仏像って言うか、もっとなんかマリア様みたいなやつ

2 マリア様?
1 うん、なんかそういうマリア様みたいの被ってんの
3 マリア様ってなんか被ってたっけ
1 被ってるよね、頭巾みたいの
2 被ってないだろ
4 あでも、たまに被ってるかも
2 ええ、いつ
4 え知らないけど、お出かけの時とか
3 布じゃない?
4 あそうです

2 布?
1 違うよ、頭巾、防災頭巾みたいな
3 こういうなんか三角の奴のこと?
2 そうそう
1 それマリア様じゃないよ
3 じゃあ誰?
1 えわかんないけど、マリア様ではないんじゃない?
3 うん、だから、マリア様ではないんだけど
1 観音様じゃない?
3 あ、それだ
1 なんだ
2 へえ、観音様居るの?
4 どんな観音さまのこと言ってる?
3 だからそういう観音様、ここに
　——1、頭頂部を両手で握るような仕草
1 お団子みたいの乗ってて、それでそこを紐でキュッて縛ってあるの
3 観音様?
2 それ何はいってんの?

1 しらない、毛じゃない

2 毛か

3 あ髪の毛に布をあれしてたんだ

4 毛じゃないよ、仏様のここにも乗ってるじゃん団子みたいの

1 だから毛でしょ

3 毛じゃないよ、コブみたいなもんだよ、それが薄い皮膚でこう包まれてるの

1 ピュってやったら?

2 —2、針を刺すような仕草

1 なんかビューって出る

2 なに?

1 わかんないけど、甘い汁みたいなものが

2 お前適当なこと言うなよな

1 適当じゃないよ、観音様に直接聞いたんだもん

2 嘘つき

1 嘘じゃないよ、ホントだよ

3 すぐそういう嘘つく

1 ホントだもん、観音様がそう言ったんだもん

2 嘘だね

1 嘘、嘘じゃないもん

2 嘘つき、髪の毛をキュってしてるんでしょ

1 違うよ

3 なんでよ

1 だって、お坊さんなのにほどいたらサラーってなっちゃうじゃん

2 良いわけ無いだろ、お坊さんだぞ

1 良いだろ、サラーってなったって

3 ―2、ビクッとなる

2 ？

1 ―2、肩を手で触る

2 わなんだこれ？

3 ―2、崩れ落ちる

2 うわー

2 何？あ、くさ

2 なんだこれは

3 臭い、何かガソリンみたいな匂いする、ガソリンを煮詰めたみたいな匂いする
　——2、上を見る
2 うわー
　——1・4、2の肩を嗅ぐ
4 わ
1 臭い
2 う、う
4 わ、、うわー、ベトベトする
3 ちょ早く拭きな、悪い病気になるよ
2 タロが溶けて、なんか汁が出たんじゃないですか
4 そうなの？
1 うん、お前なんでこんなとこにタロ乗せたんだよ
2 ええ、兄ちゃんが乗せろって言ったからだろ
1 あんたがタロ凍らしたからでしょ
3 俺、凍らせてないよ
2 俺？俺、くっ
1 わ、兄ちゃん、兄ちゃん平気か
　——2、這いずる

4 お義兄さん、、、

2 ちょっと早くタロ降ろして

3 え、、、、

1 え、俺？、、、兄ちゃんやれよ、もうだって、タロ汁がついてんだから、もういいじゃん

3 何てこと言うの、卑怯者

2 、、、え

1 卑怯者

4 、、、

3 ——4、悲しい顔をする

2 う、わかった、、すまない

3 早く、向こうのあれで洗ってきな

1 、、、だってもうタロ汁ついてんだから、別の人をまたあれすることないだろあなた、実の兄に向かってなんて酷いことを

1 、、、

——4、立ち上がる、タロを降ろそうとする

3 「……、ごめんちょっと手伝って」

1 「……4、恐る恐るタロの箱を下ろす、タロの箱の前で

3 「……、擦るしかないじゃん

1 「え?

3 「擦ってもう一回凍らせるしかないわ

1 「こする?

3 「……3、擦る真似

1 「それ、擦ったら摩擦で温まっちゃうんじゃないの?

4 「あなた、摩擦熱は限界を超えるとどうなるかしらないの?

1 「どうなるの?

4 「冷たくなるのよ

1 「……、

3 「早く、急いで

——1、タロの側にしゃがみ、恐る恐る擦る

3、もっと全身を使って

　1、凄い速さでタロを擦る

　4、もっと

　3、もっと早く

　1、そんなんじゃ限界は超えられないわ

　;;

　1、全身を使ってタロを摩擦する。1の摩擦、限界を超えていく

　3と4、しばらく1の摩擦を見ているが飽きてきたのか座り、窓の外を見ている

　4、;、そんな3と4が気にかかるが一応摩擦を続ける

　3、あ

　4、え?

　3、いや、あれほら

　4、あ本当ですね

　3、意外と小さいのね

　4、ですね

　1、え、何が?

3、………
1、何が意外と小さいの
　――1、窓の方を気にしだす
4、ちょっとまだ、凍ってないでしょ
3、擦って
　――3、立ち上がっている
4、………
3、?
4、ちょっとやっぱ、うがいしてくる
3、あ、はい
4、限界超えるまで擦っといてね
　――3、退場
1、………
　――4、窓を見ている
　――1、擦っている
　――観音像が窓の向こうに見える。観音は2の俳優が3の俳優を肩車して演じる。
4、あ、観音
1、………ウソどれ
　――1、窓に張り付いて観音を見る

1 あ本当だ

1 4 1
、、
うわーでけーな
——1、電車の通路を渡り、反対側の窓に張り付く
観音と1、対面する
観音、細い目で遠くを見るように微笑んでいる
観音は巨大である。1と4、仰ぎ見る。2人ともイスから降りている
——1、観音の側まで行く

4 はあ、おっきいねえ
、、、

4 あ、写真撮っとこう
——4、カバンを探る

4 あれ？ あれ？
——4、カバンを探る

1 あ、持っとこうか

4 うん、大丈夫､､､あれ？
——4、カバンから服か何かを出して脇に挟み、カバンを探る

4 ああ、ああ
——4、服を落とす

4 ――4、慌てて服を拾おうとしてカバンの中身をぶちまけてしまう

ああ、もう
――4、荷物を拾う
――1、4、
――1、そんな4をしばらく見ていたが途中で飽きて観音を見上げる
――1、両手で輪を作り、望遠鏡に見立てて観音を見る

でけー
――1、観音に手を振る

あ、わ、
――観音、ゆっくり下を向く

あ、ちょっと、ちょっと
――1、4を振り返る
――1、4、それどころではない
――1、観音を凝視する
――観音の表情、徐々に変わっていく、それは怒りの表情だ

1、……

観音　しゅーーー、しゅーーー
――観音、目を見開く、ポケットから小さな器具を出して目に嵌める。それは、目を強制的に開く器具だ。

1 ——観音、目を強制的に大きく見開き、1を睨みつける

1 ——1、4に助けを求めるように後ろを振り返るが、観音が怖くて観音から目を離すことが出来ない

1 ——1、手を合わせ、ひれ伏す

1 ごめんさい、ごめんなさい

1 ——観音、しばらく1を見ている。拳を振り上げるが、怒りを納め、去っていく

1 ——1、4のところへ

1 ——あ、わわ

1 はあ、はあ、

1 ——1、4に抱きつこうとするが、4にいなされる

4 何?

1 観音が、

4 え? 何どうしたの

1 観音が怒った

4 、、何で?

1 わからないよ、、、

4 心当たりはないの?

…………

1　——1、目を泳がせる

4　何？　何したの？
1　なんもしてないよ
4　じゃあ何で観音さん怒んの
1　え？　だって、え？　なんもしてなかったら、観音さん怒る訳ないでしょ
4　なんもしてなかった、え？　観音なんてねえ、石で作ってあんだからねえ、怒るわけないもん
1　嘘つきな、なんか、悪いことしたんでしょ
4　なんもしてないよ
1　、、、
4　、、、あでもー
1　あでもー
4　なによ
1　あでもあれかな
4　なに？
1　あのねえ、なんかねえ、、、タロをねえ、捨てろっていわれたんだけどね、、隠しちゃっ

—1、はにかんだ表情でモジモジする
ええ？　あんたタロ隠したの
うん
どこに？
え、口の中
早く連れてきてよ
えなんで
だって、タロは私たちの子供だよ
、、、、、、え、だって死んでるでしょ
まだ生まれてないだけよ
そうなの
うん
え、それ、どう、
連れてこないと、生まれないじゃん
—2と3、戻ってくる
あ、そういうあれなの
そうよ

3 ごめんごめん
4 取れました?
3 え? ああいや、なんか、
4 ねえ、やっぱり先に宿に行ってからの方が良かったんじゃないの?
1 なんで
2 だって、海にも行かなきゃいけないでしょ、
3 うんでも、先に宿に行くと、また駅の方まで戻らないといけないから
4 そうなの?
2 うん
3 ああ、でも、子造神社は別に、、また違うときに個人的に行くから
4 あ、全然、そういうんじゃなくて
2 、私も見たいし
4 ああ
3 でもこっからまだ結構あるよね、海行く時間なくなっちゃわない?
　　　　　　　　　　　　　――間
1 ねえ、ここじゃない? 子造神社
2 違うよ

1 ここだよ
3 違うでしょ？　だって今向かってる所だもん
1 ､ ､

1 ほら、これそうじゃない？　あれじゃない？
2 あ、これそうか
3 これそう？　──四人、見る
　　　　子造神社

4 あ、これそうです
2 あ、はい、これそうです──4、イスに近づく
3 ああ、これ？

2 ホントに入るのこれ？
2 ──1・2・3・4、イスの下をよく見る
2 ええ、まあ、そういう風習って言うかですけど
3 でもなんか、凄いジメジメしてるね
4 服、濡れちゃうね、あ、苔生えてる
　あホントだ

1、イスで神社を作る

2 ——2、イスの下を見る
4 真っ暗だしね、、、　奥でなんか水の音するね
2 え、あ、ホントだ
4 え、これ入んの？
2 はい
　　なんかあんま入りたくねえな
1 ——1、なんとなくみなの雰囲気を探る
4 ；；

1 ——4、肯く
4 ；；
1 え？
2 入って
1 ；；
2 入れよ、せっかく来たんだから
1 ；；
3 入りなさい
1 え、なんで？

3 さっき入るって言ったでしょ

1 ——2・3・4、1を見る

1 ——1、穴の前に来る

4 、

1 いいよ

1 、あ、うん

1 ——1、穴に入っていく

2 なんかある？

1 うわージメジメしてるなあ、、、なんか凄いジメジメしてるよ

1 わかんない、なんもない

4 一番奥まで進んで

1 、、、

3 やめなさいよ

1 あれ？

3 ちょっと

——2、1がイスを出そうになると出てきた1の前に別のイスを置く、2回くらい繰り返す

1　—2、1の前に次々とイスを置いていく
1　おかしいなあ、こんなに長いのかな？　あれ？　あれ？　怖ええなあ、、、、、怖いな、おーい
1　うわー後ろを振り返れないぞ、、、
　　—1、移動する。
1　くっそ、ジメジメするなあ、深いなあ、、どこだ、あれー？　こんな長いのかなあ、、、
　　帰りどうしよう、、、
　　—イスの移動、ついには4も加わる
　　—1、加速する
　　—2・3・4、イスを動かしているうちに退場
1　あれ、なんだここ？
　　—1、ついに穴を抜ける
1　あっついな
　　—1、辺りを見回す
1　アチ
　　—1、上着を脱ぐ、歩く、ほの暗い飛びのく

1　何だこれ
　―1の足元に熱湯があるよう、手を浸す
1　熱い、、、、、、お湯だ、、、温泉かなあ、おーい、おーい、誰か一、、
　―1、何かが居る
　―1、恐れる
1　誰?
　―タロだ。現れる。黒い毛に覆われている。肉の塊を思わせる。足だけが一本生えている。毛が所々、血か何かで固まって皮膚に張り付いている。鼻をくんくん鳴らしている、痙攣している
1　タロ?
　―タロ、向かってくる
1　お前タロ?
　―タロ、震えている
　―1、タロに近づく
　、、怖い、、怖いよお前、、、ねえ、大丈夫?
　―タロ、首を横に振る
　―1、タロに近づく
1　お前、ホントにタロ?

1 お前、震えている
　　——タロ、震えている
1 お前、生きてるの?
　　——タロ、首を横にふる
1 死んでんの?
　　——タロ、肯く
1 どっち?
　　——タロの顔を覗き込む
1 目がある、、、、、おい、、、行くぞ
　　——1、タロを引っ張る
1 わ、わー、怖えー、死んでんのになんで動いてんだよ、おまえー、見るな、、、、見るなよー
1 俺、こええよ、お前連れてくの怖えよ、、
　　——タロ、1に擦り寄ってくる
1 来んな、、、向こう行けよ、おまえタロじゃないよもう、、、向こう行けよー
　　——1、タロを押す
1 、、、、
　　——タロ、その場で震えている

1 ――タロを見ている、逃げ出す、温泉の中に逃げる

1 あっちー
 ――そのまま、ジャブジャブ遠ざかっていく、何度かタロを振り返る
 ――タロ、一人になる、タロが消えた方を見る
 ――1、後ろに消える

1 タロ、タロー、居ない?
 ――返事が無い。1、座る

1 ふーー
 ――1、湯船に浸かる、ゆっくり体を横たえる。湯を掬って顔を洗う。何度も洗う

1 あーー
 ――1、くつろぐ

2 ――2、入ってくる、服を着ているが、手ぬぐいで股間を隠している

1 おお、いいじゃん

2 、あれ?

1 おう、貸切じゃない?
 ――1、手で股間を隠す

2 、あ、うん
 、いいねえ

1 どうしたの？
2 何が？
1 ：、：
2 なんだよ
1 うん

——2、体に湯をかけ湯船に浸かる

2 あー、あー、あー
1 うわー、いいねえー
2 はーー

——2、ため息をもらす

1 まいった

——1、やたらに何度も湯船の湯で顔をすすぐ

1 いいねー
——2、顔をすすぐ
2 これ、いいわー
1 いいねー
2 あちょっとこれいいわ

——二人、横たわる、頭をイスの座面に乗せる

2 星、星
1 ああ星
 ——二人、しばらく上を見ている
 ——顔は弛緩し、口は開きっぱなし
 ——間
 ——2、イスの上に座り、体を捻り向こうを向く

2 海、、、真っ暗だな
 ——1、2と同じ方を見る

1 これ海？
2 うん、海だよ
1 、、、、、、、なんか穴みたいだな、、黒い

1 凄く近く見えんね
2 ——二人、海を見ている
2 満ちてきてんだ、、、海
1 、、、なんか出てるよ
 ——2、手で、海が迫ってきている様をする

2 ええ？
 ——1、海を指す

1　ほらあれ煙みたいの
2　ああオバケだよ
1　、、オバケ
2　うん、ほら立ち上ってる、、
——1と2、海を見ている
——1もイスの上に上がり、二人、半身浴。1は手で股間を隠している
2　大丈夫だったの？
1　何が？
2　、、いや、お前穴ん中入ってっただろ
1　ああ、うん、、え？　うん、、俺それでどうなったの？
2　ええ、こっちが訊いてんじゃん
1　そうかあ
2　なんだよ
1　いやいや、あの穴の先が温泉だったんだよ
2　へー、じゃあ中で繋がってたのかね
1　、うーん、あの穴なんだったんだろう？　あ、タロに会ったんだよ
2　へー、ちょ見て
1　え？

2　ここ
　　　　――2、二の腕を見せる

　1　スベスベ
　2　あほんとだ
　1　スベスベ
　　　　　　――間

　1　――1、自分の二の腕を見る

　1　二人は？
　　　　――二人、湯を体にかける
　2　え？
　1　姉ちゃんとユキは？
　2　二人も温泉行ったよ
　1　ああ
　2　こうやって家族で温泉に来るのなんて何年ぶりかね
　1　わかんない、凄い久しぶりだね
　2　十、そうだよねえ
　3　あ、ちょっとシャンプーある？
声

4声 キシキシになりますよ

──1と2、聞き耳を立てている。3と4の会話は反響してしまい、ほとんど聴き取れない

1 あれ?
2 隣の声じゃない?
1 ねえ、繋がってない?
2 え?
1 つながってんじゃない?
2 ──2、観に行く
1 あちょっと
2 うまあぶら石鹸?
3 馬油石鹸
4 繋がってるぞ
1 混浴?
4 なんですかこれ
3 、、
1 え、ちょっと困るよ
3 馬の油を固めた石鹸じゃない

4 声　そんなのあんですか
2　なんでだよ
1　知らないけど
3声　隠れなきゃ
2　ええなんで
1　隠れようよ
2　なんでだよ
1　だって俺、まずいよ
2　何が
1　ー2、3・4の方を見ようとする
2　あ見んな
1　なんでだよ
2　駄目だよ
1　何が
2　ずりいよ
1　何言ってんだよお前、家族だろ、実の姉と自分の奥さんじゃねえかよ
2　俺にとってはそうだけどさ
1　俺にとってだって、実の姉と義理の妹じゃないかよ

1　義理の妹って駄目だよな、駄目って何？
2　、ずるいじゃん、それ

1　え
2　あ、お前タオル持ってないの
1　うん
声
3　―1、股間を手で隠しながら、モジモジと立っている、イスを触っている

1　、結構いいですよね
2　私でも、木のお風呂の方が好きなんだ
声
3　―2、探し、イスを渡す
4　どうしよう、俺どうしよう

1　ああ、ヒノキ？
2　別にどうもしなくて良いんじゃない？
3　ヒノキじゃなくても良いんだけど
声
4　ええ、でも、ああ

1　―3と4、入ってくる、服を着ているがタオルで体を隠している
2　あ、、おい、―1、イスを抱きこみ彫刻になりきる。かなりアバンギャルドな形

1
　　　…、
　　　　—2、辺りをキョロキョロ、カエルになる
　　　　—4と3、湯船に浸かる

　　　4
　　　あぁ、良いねー

　　　3
　　　ねぇー

　　　4
　　　はー
　　　　—4、タオルをどけて、岩の上に置く。2が居る

　　　4
　　　わ

　　　3
　　　…、

　　　2
　　　…、

　　　4
　　　…、カエル

　　　3
　　　…、ああ
　　　　—4、カエルにお湯をかける
　　　　—カエル、無視する、4を見ている
　　　　—1、4を見ている2を見る

　　　1
　　　あ、見るな
　　　　—3、半ば泳いで海の方へ
　　　　—4もつづく

3 ―3と4、海を見ている

4 真っ暗で何も見えないですね

3 あの黒いのが全部海なのかな

4 夜の海って怖いよね
 ―3、体をうつ伏せから仰向けにする

3 私昼も夜も、海は怖いな

4 ヘー

3 なんか
 ―カエル、泳いで3・4に近づき、見る

1 あ、見るな、ずるいぞ
 ―3、1に近づく

3 こっからお湯が出てるんだね
 ―1、映像のふりをする

4 あ本当だ
 ―3、1を見る、口元に手を持っていく

3 これなんだろう? 何の彫刻かな

4 普通こういうのライオンとかですよね

3 そうだね、なんかの神様かなあ
3 なんか女神像とか？
4 ――4、1に近づく
3 これ木ですね
4 ――4、1の体を触る
3 あ、うん気付いてた、それは、大理石っぽくしてあるけど、木だよね
4 なんの彫刻だろう、やっぱ、神様じゃないですかねギリシャとかの
3 でもなんか人っぽいけど、腕が多くない？
4 一人じゃないんじゃないですか？　男と女だ
3 うんでも、ここが、こう繋がってんじゃない？
4 えでも、この腕のところは男っぽいですよ
3 うんだからこの女の人の部分とここで男がくっついてんじゃない？　なんか二人で一人みたいな
4 あ、卑猥
3 うんなんか
4 ――3、彫刻を真似ようとしてみる
3 結構、ゴルフとかしにくるおじさんが泊まりそうな旅館だもんね
4 あ違うわ、これここでくっついてんだほら

4 ホントだ
―4、彫刻を触ってみる
3 あでも結構固いわ、ちゃんと石っぽくしてある
4 そういう木なんだろうね、固い
3 うん
4 、、、あれだよね、、けっこう木とか好きだよね
3 え、わたし?
4 うん
3 あっ、あ、意外とそうかもー
4 、、私も木かな?、、木かプラスチックで言ったら
3 、、木、、良いですよねえ
4 でも、最近、木って少ないよね
3 そうだよね、なんか、やっぱ、みんなね、みんなプラスチックとか鉄とかね
4 私、、、鉄も結構好きだな
3 あほんとです? 私、ちょっと錆びるのがな
4 え
3 錆、錆、錆びるのがちょっと苦手だから、鉄って
4 、え、何の話

4 え？
3 え？
4 え？何の話だっけ？
3 え、なに、え？　いや、木かプラスチックかって話じゃなかったでした？
4 うんそうだけど、何が木かプラスチックかって話だっけ
3 、いや、ごめんなさい、ちょとその辺あいまいなまま話してたから
4 ああ、そっか
3 え、お義姉さんは何の体で話してたの？
4 うんだから私もちょっとそれわかってなかったから、悪かったなって、ちょっと反省してんだけど
3 あ、え、いいですよ反省しなくて
4 うん、ごめん
3 あ、いやいやいや、全然私も悪いし
4 うんそうだけど
3 あ
4 あ、そういうことじゃなくて
3 うん、うん
4 え、やっぱ怒ってる？
3 え、何が、怒ってないですよ

3 うん、ええ、なんか、怒ってんのかなと思った
4 何がですか
3 いや、なんか、父さんの介護とか、、、結局全部、最期まで押し付けちゃって
4 、、、怒ってないですよ、本当に、、
3 ——4、本当に怒ってないかどうか、わからない
、、

3 ——間

3 ——2、あからさまに4を見る
4 のぼせちゃった？
3 あ、見るな、ちょっと
4 ええ、ちょっと
1 ——2、4を見ている
3 結構熱めだよね
4 そうだね
3 ——2、3と4を凄い見てる
1 ちょっと見過ぎだぞ
——2、舐めるように凄い見る

1　おい、見るな、、、おい
　―2、まだ見てる

1　見るなら俺を見ろ
　―2、そのまま舐めるように1を見る
　―三人、1を見る、凄い見る

1　うわー、見られてる、、、
　―三人、見てる、、、

1　う、う、すげえ見る

1　俺は、こんなに見られるは初めてだ、、そして、俺にはその資格があるんだろうか

3　―三人、見ている、腕を組んで見たり、少し離れて見たり

2　でもやっぱここのラインがホンキで作ってあるよね

4　うん、この辺やっぱ大雑把って感じしない？

2　だから、やっぱ、ここを表現するときに力を使い果たしちゃったんじゃないですか

4　ああ、もう、いいやみたいになっちゃったんだ

3　そうそう

4　だって、ここの皺の感じとか凄いリアルだもんね

2　ここ、生きてるみたいだよなあ

4　なんか、存在がリアルだよねえ

2 うん、どういう意味？
4 いやなんでわざわざこの人を？ モデルにしたのか？ っていうさ
2 ええ、でもこれ神様だよ
4 ええ、どう見てもあれじゃない？ 普通のおじさんじゃない？
3 うん
2 いやだから神様だから、こうあんまり人間ぽく作り過ぎちゃってさ
4 え
3 あの、彫刻を？
2 ああ
4 あの、ほら生々しく作りすぎると、神様っぽく無いじゃん？
2 それで、多分、作られた当時は結構、批判されたりしたんだよ
3 ああ、人間ぽいもんね
1 俺だよ
3 ああ、でもなんか誰かに似てんだよなあ
2 ああ、わかる
1 俺だって、なんでわかんないの、ねえ
4 誰かなあ？
1 俺だよ、、

――1、少しだけ動く

1 ——2・3・4、黙る。まさか動くわけがない
、、う、、うおー
1 ——1、動き出す
3 ——2・3・4、腰を抜かす
動いた
1 ——1、動く
1 ——2・3・4、あまりのことに言葉を失っている
、——1、照れたように笑う
1 あの、あなたは、、？
2 、え、、、弟だよ
1 弟？
2 え、誰のですか？
4 夫じゃん
1 ——1、なんか半笑いで突っ込みみたいに言うが上手くいかない
4 夫、、気味悪がる
夫、、ですか？

1 そうそう

3 え、じゃあ、あの、あなたは、全ての女性の夫であると、いう、そういう、なんか比喩的なあれですか？

1 いや、違うよ、だから俺だよ

2 え、誰？　神様でしょ？

1 違う違う、、だから、あなたの弟、それでこの人の夫

2 うんえ、ちょっと待ってください、それはあの、私の弟は、、、あなた様ではありません

1 ちょっと待って、ええ、なに、やだなあ

2 ー2、恐れて、34を見る

1 どうしたのちょっとやめてよ

ー1、2に触れようとする

ー2、退く

1 え、ちょっと

ー1、3・4に近づく

3 はあっ

1 、、、

ー3、逃げる

1 ―1、4に近づく
1 ―4、あとずさる

1 ―2と3、離れて見守るしかない

1 あなた、誰ですか?
1 俺だよ、だから
1 だれ?
1 あなたの夫でしょ?
1 え?
1 ほんとに
1 本当に?
1 本当だよ
1 神様じゃなくて
1 神様じゃないよ
1 じゃあ、なんか、証拠かなんか見せてくんないと
1 ええ、無いよそんなの
1 ええ、

2 そしたら、やっぱり認められないすよ
1 ええ、、、じゃあほら、
  ―1、面白いポーズをする、何種類か
1 こういうのするでしょ？ あの、したでしょ、ケンカとかしたあととか、なんか、ほら、
  ―1、面白いポーズをする
1 これほら兄ちゃん考えた、、
2 、、、なんかケンカして気まずい雰囲気のときとか、こういう、おどけたポーズをとって和ませたでしょ？ 俺だよ、そういうとこ、凄い気を使う子だったでしょ
  ―2・3・4、集まる
2 うーんどうする？
3 どうしよう？
4 違うんじゃないですか
2 うーん
  ―2・3・4、1をチラと見る
1 え、どうなった？ えどうなった？
  ―1、2・3・4に近づこうとする
  ―2、手で制して

2 ええ、うん

1 え、どうなった？　俺どうなった？

2 えーっと、じゃあ、これから弟にしかわからない百の質問を出すので、それに全て答えられたら、あなたを、弟だと認めます

1 ,,,,,,,

2 ,,,,,,

1 ,,,,,,ええ、じゃあ、第一問、、ええ、、、私は、、、

2 いいや、認める

1 え？

2 ごめん認めるわ、面倒くさくなっちゃった

1 うんうん、ちょっと長くなるしね

2 うん

3 うんうん

4 よかったね

1 うん、良かった、一時はどうなることかと思ったよ

4 うん

1 俺さ、俺、、、自分が、自分じゃないかも知れないとか思ってさ、それってさあ、でも、みんなの、、

―2・3・4、興味がないのか、床に座ったり、くつろぎだす

1 あ、
 ―3、もうすでに、床に突っ伏している
 、姉ちゃん、姉ちゃん
 ―3、バッと起きる、よだれを気にする

1 嘘つくなよ
 ―4、横になる

1 あちょっと
3 1 ―2、寝ようとする

2 あ、ちょっと寝るの？
1 寝ねえよ
 ―2、寝そう

1 あ、寝ないでよ
4 やばい寝ちゃう
1 えまだ早くない？
2 寝ちゃうなこれ
3 寝よう

1 寝てただろ
 ―3、
1 寝てないよ

2　うん

1　え？　寝ちゃうの？　海、行かなくて良いの？

3　もう、ここ海でしょ？

1　え、だって水も何も無いよ

3　だから、海が来るのよ

4　海は満ちるんだから

1　そうだっけ、えでもなんか、、、、寝ちゃうの？

2　でもお前、なんもやることがないんだよもう

1　なんも？

2　あるよまだ、色々

1　やることなんもないんだ

2　え？

1　海の方から来るんだから良いじゃんもう、寝て待てば

3　、、

4　うん

3　、電気消して

1　、ええ、、、じゃあ、もっと話そうよ、、、

——2と3と4、寝てしまう
——1、立っている、眠る三人を見ている、電気を消す
——1、ゆっくり座ろうとする

2 、全部消せよ

1 え？　全部消す派だっけ？

2 うん

3 、、、昔は怖がったよね

2 変わったの

1 俺、真っ暗だと寝れないから

2 怖いのかよ

1 怖い。真っ暗だと怖い

2 何が

1 わかんないけど

3 オバケ？

4 オバケは怖くねえよ

1 怖いけど、別にただ暗いだけだから

3 オバケは怖くねぇよ、、、、、なんか真っ暗って怖くない？

1 それが怖ぇえんじゃん、ただ暗いだけって

4 なんも無くなっちゃうってこと、無くなっちゃうっていうか、無くなっちゃうみたいな感じだから

1 …、そうかな

2 1 オバケが怖いんだろ？

1 怖くねえよ、オバケなんか出てくるだけだろ

2 じゃあ、あそこのオバケ怖くねえのかよ

1 ——2、暗いところを指差す

2 ——1、びっくりする

1 怖くねえよ、あれ母さんだろ

2 じゃあ、あっちのオバケは

1 怖くねえ

2 あれ父さんのオバケだぞ

1 怖くねえよ

2 嘘つき

3 嘘じゃねえよ

4 ねえ、タロどこにやった？

1 ああ、ベランダに出してあります、臭いから

3 そう、おやすみ

1 タロってさ、、、もう居ないのかな
　――間
1 、、、、え？
2 もう居ないのかな、、、死んだ
1 気がしないんだ、、、まだ居るような気がする
4 死んだよ、私、見たから・
1 、、、
2 、、、、、
1 電気消してくれ
　、、、
1 見さしときゃ良いでしょそんなの
3 だったオバケがこっち見てるんだもん
1 うるさい
3 ちょっと、向こう行ってよ、ねえ、ねえ
1 ――1、ぼんやり立ち上がるオバケを見ている
　、、、
　――間
1 ――1、イスを見ている
1 おい、何見てんだよ

1　―1、イスを睨みつけている
1　だから謝ってるでしょ、それは何度も謝ってるでしょ
2　、、なんだよお前うるせえな
1　だって、オバケが色々言ってくんだもん
2　ほっときゃ良いだろそんなの
1　、―1、イスを見ている
4　なんだよ、このやろう
1　おい、なに？
2　―1、イスに因縁をつけられている様子、イスを突き飛ばす
3　どうしたの？
　　オバケがさ
2　ちょっと、やめてよ
　　―2、イスと1の間に入りイスに
2　もうごめんなさい、ほんと、すいません
1　何謝ってんの？
2　お前も謝れ

1 ふざけんなオバケが悪いんだぞ
2 止めろって
1 なんだよ
2 あすいません、ちょっと酔っ払ってて
1 酔っ払ってねえよ
　—1、イスに押される
2 あ、止めろって
4 、やめて
　—1、イスに跳びかかる
　—1、イスと格闘になる。イスを倒す。イスにのしかかるが、逆に馬乗りにならてしまう
1 ああ？
　—1、イスに殴られる
1 なんだこの野郎
　—1、イスに凄む
　—1、イスに殴られる

—1、イスに凄む
　　—1、イスに殴られる
3　イス、集まってきて1を取り囲む
2　ちょっとやめてください
　　—イス、イスを押さえようとする
1　すいません、、、何も知らなくて
3　なんだこのやろう
1　ちょっとやめて
4　—1、イスにがんじがらめにされる
　　—1、ちょっとこのやろう、出せ、出せ、このやろう
1　うわ、、、1とイス、そのまま絡みあう
　　—水が満ちてくる
1　うわ、、、なんだこれ、、、ねえ、水だ。、、、
3　—1、水から逃れようと、上に行く
2　ああ、海が来ちゃった
3　困ったな
　、、、
　　—3、退場

―2、1を見ているが3の後を追う形で退場

1 あちょっと、、、、出して、、、出せ
―4、1の頭の上のイスに座る
―1、かろうじて頭を、イスから出す
―水がさらに満ちてくる

水、水が、、助けて、、、
―1、できるだけ上に向かい、水没しないように頑張るが、結局、水の中に没してしまう
―4、イスの上に立ち上がり、立ち泳ぎ
―1、息を止める

―間

1 無理。1、もがく、静かになる。魚になったのだ。海の底でエラ呼吸している
―1、貝殻を抜け出て、辺りを泳ぎ回る
―4、水中に潜り、見ている、1の方へ手を出す
―1、慌ててまた貝殻の中に隠れる
―1、ゆっくり顔を出す

1 、
―1と4、しばらく見詰め合う

——1、首を引っ込めようとする
——4、1の首根っこを捕まえる

1　うわ、、、
4　、、、
1　魚になったの？
4　え？
1　お前、何んなったの？
4　海の底
1　じゃあここは？
4　そうだよ
1　ああ俺、魚か
4　魚
1　海女？
4　海女
1　お前海女なんてやってたの
4　うん、私の仕事、パートだけど

1 怒ってんの
1 、、、、、、ごめんな
4 何が?
1 俺、、、さあ、タロ、、怖くて連れてこれなかったよ
4 、、タロ、死んだよ、、、
1 でも今度は、ちゃんとやるから
4 、、、
1 もう溶けちゃった、、行こう
4 どこに?
1 海の外
4 なんで
1 だって私、息が続かないもん
4 ああそうか
 ―4、1を掴んだまま海を出る
 ―1、打ち上げられしばらく、ピチピチしている
 ―3・2、登場

4 あ
3 あ
、
、
、
―4と3・2、軽く会釈しあう
3 ―3・2、イスを見ている。棺桶のよう
2 ―間
3 ―3、タロの箱を開け、中を覗く
4 ―4、近づく
2 ―2・4、覗く
4 縮んじゃってるでしょ
3 ガリガリだね
4 最後ご飯食べれなかったから
2 でも、眠ってるみたいだね
3 うん
2 ―間
3 、こんなこと言うのもあれだけどさ
2 、
3 一番、良い顔っていうか、安らかな感じがする
2 、、、死んでまで険しいよりいいだろ

3 もちろんそうだけど

2 ——間

1 お前も、挨拶しろよ

2 ああ、うん

1 ——1、立ち上がり、棺桶に近づく、中を覗きこむ

1 これ、、、、本当に父さん？

2 そう

3 太ってからね、、、元気な頃は

1 、、、、別の何かみたいだ

3 なんていうか、、小さいね

1 うん

——四人、覗き込んでいる

2 良い？

3 うん

1 あ、待って

——1、もう一度じっくり箱の中を見る

1 良いよ

——2、箱を閉じる

すてるたび

2 海に流すの？

1 行こう
　——四人、箱を持つ
　——波打ち際へ
　——四人、箱を砂の上に置く
　——四人、それぞれ思いに

3 そう

四人 さようなら

2 目で1を促し、1と2、箱を押す
　——四人、見ている
　——箱、流れていく
　——箱、海に浮かぶ
　——四人、見ている
　——箱、引き波で数メートル沖まで出たかと思うと、波に戻されまた四人の足元に

3 あれ？
　——四人、それでもしばらく見ている
　　　戻ってきちゃうな、、

4 どうすんのよ
　——四人、それでもしばらく見ている

3 これ行きませんよ

4 波が悪いんじゃないの？　波って言うか、、、

1 ―箱を押す
 ―箱、砂浜に打ち上げられてしまう
 行かないなあ
 ―1、箱を押す
 ―2、水をかける

2 ―3・4、2につづく、2やめる

4 あだだ、かけないほうが良い

2 え？

 濡れちゃうから。ちょっと、棒かなんか探して
 ―1、後ろを振り向き何か棒のようなものを探す

3 だって濡れて良いじゃん別に

2 だって浅い所に沈んじゃまずいだろ

3 、、、

1 兄ちゃん
 ―1、棒を持ってくる
 ―2、箱を押す
 ―1、棒で押す
 ―四人、箱を見守る

―箱、戻ってきてしまう

1
あれー?
―2、箱を押す
―箱、戻ってきてしまう
―四人、見ている

1
あれー?
―1、一生懸命押す、箱、流れていかない
―2と3と4、腕を組んで困っている
―1、一生懸命押す

1
あれー? なんだよもー、
―溶暗

―幕―

初演記録

「偉大なる生活の冒険」は五反田団第35回公演として、こまばアゴラ劇場にて二〇〇八年三月に初演。作・演出＝前田司郎、女＝内田慈、妹＝石橋亜希子、田辺＝安倍健太郎、彼女＝中川幸子

「おやすまなさい」は青年団リンク・五反田団第21回公演として、こまばアゴラ劇場にて二〇〇三年十一月に初演。作・演出＝前田司郎、女＝川隅奈保子、男＝黒田大輔／女＝西田麻耶、女＝増田亜紀子

「キャベツの類」は五反田団第29回公演として、こまばアゴラ劇場にて二〇〇五年三月に初演。作・演出＝前田司郎、男＝黒田大輔、女＝渡辺香奈、兄＝大島怜也、妹＝端田新菜、先生＝望月志津子、神＝中川幸子、店員＝前田司郎

「すてるたび」は五反田団第36回公演として、アトリエヘリコプターにて二〇〇八年十一月に初演。作・演出＝前田司郎、次男＝黒田大輔、長男＝前田司郎、長女＝後藤飛鳥、次男の妻＝安藤聖

著者あとがき

 はじめて戯曲を書いたのが十六の頃、二十二年も前になる。何本書いたかわからないが、三十本以上は書いていると思う。未だに毎回、白い紙を目の前に置いて漠とした気持ちになる。「いつもどうやって書いてたんだっけ?」と、そこからはじめないといけない。戯曲に書き方などない。好きに書いたら良い。じゃあ、どんなのが好きなんだ? まだわからない。何が好きで、どういうものを面白いと思うのか未だにわからない。自分との付き合いはもう三十八年になるが、未だに好みがわからない。揺れているのかも知れない。
 だから原初に立ち戻ろうと、「なんで自分はこんなことをしているのか」と考えるがわからない。誰に頼まれたわけでもないし、強制されたわけでもない。勝手に原稿用紙を買ってきて、勝手に書きはじめたのだ。その時には何か僕を突き動かす衝動のようなものもあったのかも知れないがそれは燃え尽き灰になって飛んでいった。
 なぜ書くのか? 他にやることがないからとしか言えない。書くなと言われたら暇でしょうがない。友達と遊んでいれば暇なこともないが、書いていなければ友達なんて居なかった

かもしれない。

白い紙に向かって、僕は考え、友達に話しかけるように、文字を書いていく。戯曲は拙い思惟の這い跡であって、神を持たない祈りであって、多分に暇つぶしである。

作家は戯曲の言語で話しかけ、俳優には俳優の言語がある。演出家は通訳で、戯曲の言語を俳優の言語に訳し、俳優の母国語は戯曲の言語であって、俳優の言語も少し喋れる。俳優と作家は、通訳を介し語り合い、芝居が出来る。でも、大抵の人は戯曲の言語が少し理解できる。中には全く理解できない俳優も居る。それが悪い俳優かと言うとそうでもない。ちゃんとした通訳がいれば、喋れなくても大丈夫なのだ。

戯曲集は売れないという。大半の人が戯曲の言語に難色を示すからだろう。例えば僕は楽譜を買わない。読めないからちっとも面白くない。譜面が読める人にとったら、楽譜を読むのは凄く面白いのかも知れない。

戯曲も、読める人が読めばとても面白いのだ。戯曲は上演することを前提に書かれているので、余白が多い。小説よりも断然多い。その余白を余白のままにしておくと、戯曲は読んでも面白くないのかも知れない。はじめて戯曲を読む人や、戯曲を読みなれてない人からすると、余白を埋める作業がとても専門的で難しいことのように思えるかも知れない。

でも、ちょっと声に出してセリフのやりとりを追いかけてみて欲しい。「今の言い方なんか違うな」とか、「ここの会話が繋がらないな」と、なんとなく感じるところが出てくるは

ずだ。今度は同じ箇所をニュアンスを変えて読んでみる。例えば「好きだ」というセリフがあった時、好きだと思って読むことも出来れば、全く好きだとは思っていないのに「好きだ」と言うことも出来る。セリフの表面だけを見ては戯曲は読めない。セリフをちょっと捲ってみる、そうするとその裏には全然違う表情が隠されていたりするのだ。なんの難しいことも無い。それらは全て戯曲に書かれているのだ。
僕の戯曲は複数の流れを意識して書かれている。一つは表面的な流れ、それはセリフを字面通り理解していけば滞りなく流れる。それとは別に、伏流のような流れがある。こちらは最初、見えない。それは、セリフの意味内容とは別のコミュニケーションの流れだ。しかし、本音と建前のようなものだろう。セリフの意味内容は建前であり、ストーリーを進める為に、登場人物たちは互いの心の中に流れる感情の川を、なんとなく察して会話している。
それはその言葉を発する本人にしか伺い知れない流れではあるが、本音は伏流にあり、そのような言葉をあえて言うには、本音と建前をあえて言えば、本音と建前にあえて書かれている。
語弊があるが判りやすくするためにあえて言えば、本音と建前のようなものだろう。セリフの意味内容は建前であり、ストーリーを進める為に、登場人物たちは互いの心の中に流れる感情の川を、なんとなく察して会話している。
この伏流をみることが出来るようになれば戯曲の言語を理解したと言っても恥かしくない。
凄く難しいことのように聞こえるだろうが、難しくない。難しいことが出来ないと戯曲は読めませんよ、なんて書いたら戯曲はますます売れなくなってしまうからだ。難しくない。
戯曲の言語は、日常会話の言語の派生語なのだ。同じ語族に属している。ほら、大抵の人は日常会話の言語を理解できる。だったら戯曲の言語を理解するのは簡単だ。ほら、フランス人が

イタリア語を簡単に習得できるのに似ている。
「いや、私は日常会話もままならないので」という人にはさらに戯曲はもってこいだ。戯曲の言語を読むことで、日常会話の言語をより深く知ることが出来るはずだ。
 ちょっと横道にそれてしまったけど、僕が戯曲の中に意識している複数の流れのもう一つの流れは、生命の流れだ。血が流れるように戯曲は一匹の獣でいて欲しい。だから、僕の主義主張を誰かに伝えるようなことはしたくない。命は大切だとか、愛は美しいとか、そういうことを言いたくない。テーマなどいらない。有機体であることに、テーマなどいらない。ただ生きてさえいれば良い。でもそれは相当難しくて、未だに上手く出来たなあと思ったことはないし、これから先も本当にそんなことが出来るのか甚だ見通しが暗い。
 まあ、まだ過程にあるわけで、ただ途上にあることは、完成しているものよりも圧倒的に強いと思うから、一生過程のまま書き続けたいと思う。

 手にとっていただいてありがとうございます。レジに持っていってお金を払ってくれたらもっとありがとうございます。
 そして、このような素晴らしい形で売れない戯曲を本にしてくださった早川書房の皆さま、そして編集の今村麻子さん、本当にありがとうございます。
 売れる本を売るのは商売。売れない本を売ることが文化の礎だと思います。素晴らしいです。

本書収録作品を上演の場合は、「劇団名」「劇団プロフィール」「プロであるかアマチュアであるか」「公演日時と回数」「劇場キャパシティ」「有料か無料か」住所、担当者名、電話番号を明記のうえ、〈早川書房ハヤカワ演劇文庫編集部〉宛てで書面にてお知らせください。

前田司郎 I
偉大なる生活の冒険ほか

〈演劇36〉

二〇一五年六月二十日 印刷
二〇一五年六月二十五日 発行

（定価はカバーに表示してあります）

著者 　　前田司郎
発行者 　早川　浩
印刷者 　西村文孝
発行所 　株式会社　早川書房
　　　　 郵便番号　一〇一-〇〇四六
　　　　 東京都千代田区神田多町二ノ二
　　　　 電話　〇三-三二五二-三一一一（大代表）
　　　　 振替　〇〇一六〇-三-四七七九九
　　　　 http://www.hayakawa-online.co.jp

乱丁・落丁本は小社制作部宛お送り下さい。
送料小社負担にてお取りかえいたします。

印刷・精文堂印刷株式会社　製本・株式会社明光社
©2015 Shiro Maeda　Printed and bound in Japan
ISBN978-4-15-140036-0 C0193

本書のコピー、スキャン、デジタル化等の無断複製は著作権法上の例外を除き禁じられています。

本書は活字が大きく読みやすい〈トールサイズ〉です。